世界很大，在你的眼里；
世界很小，在你的心里。

为爱远征

·私体验旅行丛书·

为爱远征

从玉树到山南

○ 海风 著

暨南大学出版社
JINAN UNIVERSITY PRESS

中国·广州

图书在版编目（CIP）数据

为爱远征：从玉树到山南 / 海风著. —广州：暨南大学出版社，
2015.7
（私体验旅行丛书）
ISBN 978 – 7 – 5668 – 1532 – 3

Ⅰ. ①为… Ⅱ. ①海… Ⅲ. ①纪实文学—中国—当代 Ⅳ. ①I25

中国版本图书馆 CIP 数据核字（2015）第 153634 号

....

为爱远征：从玉树到山南
著　　者：海　风

出 版 人：徐义雄
策划编辑：崔军亚　　杜小陆
责任编辑：崔军亚
责任校对：龙梦姣

地　　址：中国广州暨南大学
电　　话：总编室 （8620）85221601
　　　　　　营销部 （8620）85225284　85228291　85228292（邮购）
传　　真：（8620）85221583（办公室）　85223774（营销部）
邮　　编：510630
网　　址：http://www.jnupress.com　http://press.jnu.edu.cn
排　　版：广州良弓广告有限公司
印　　刷：深圳市新联美术印刷有限公司
开　　本：787mm × 960mm　1/16
印　　张：12.375
字　　数：204 千
版　　次：2015 年 7 月第 1 版
印　　次：2015 年 7 月第 1 次
定　　价：46.00 元

自序：旅行的意义

To me, the past is black and white, but the future is always colorful.

（对我而言，过去平淡无奇，而未来，却是绚烂缤纷。）

2007年暑假，我头脑发热，在没有长途骑行经验的情况下，在早已过了青春的迷惘和内心骚动的岁数之时，贸然地和网络上认识的一帮年轻人从成都出发，骑行川藏线，驰骋两千多公里到达拉萨。

这是一段刻骨铭心的旅程，不仅仅是因为从未见过的震撼美景，更是因为这是一段说走就走，说停就停的旅程。在路上，我忘记年龄，忘记身份，忘记伤痛，忘记时光。在路上，我只是一名旅者。在贫穷、艰苦的环境里，我乐此不疲地徜徉在旅程带来的快乐之中。

"城市，让生活更美好！"这是上海世博会的宣传口号。当年每次听到这句话，我总是不自觉地轻蔑一笑。在城市里，我们看到过日出日落吗？我们还记得清晨的味道是什么吗？

其实，让生活变得更美好的不是城市，而是大自然。城市会让我们的生活更便利，但不一定会更美好。城市在带来便利的同时，也带来了欲望，甚至带来了破坏和毁灭。

久居都市，身处鳞次栉比的钢筋混凝土建筑物之中，仰头一望，视野被高楼大厦阻挡。人们已经习惯了头顶上的一片天空，在这片天空下，每天为自己大大小小的梦想与未来而奔波。在都市里，人们行色匆匆，目光呆滞，每天麻木地忙碌着。

多数时候，人们没有时间，不愿意放慢脚步，更不会停下来静静思考，去细细品味人生的价值与意义。

在我们生存的空间里，不仅有每天呼吸的空气，还有天空中变化多端的白云，白云下会出现翱翔的飞鸟和五彩的蝴蝶，蝴蝶会停靠在美丽的草丛里，草丛里会出现"呱呱"乱叫的青蛙，青蛙会欢快地跳跃到湖面宽大的荷叶上，荷叶下会隐藏着含苞欲放的荷花……

这些生动优美的画面本应该出现在我们生活的环境中，而不是出现在电视画面上，出现在印刷考究哗众取宠的娱乐杂志上，出现在忙忙碌碌的人们的头脑中、睡梦中。

无数个夜晚，当黑暗逼仄而来，我时常产生幻觉：在某个陌生的角落里，我蜷缩在地上，埋着头，沉默着，脑中一片空白，没有言语，更没有思想。我不知身处梦境还是现实之中，我怕从此一蹶不振，失去生活的勇气。

这么多年来，我一直墨守成规，勤勤恳恳，却不得要领，好似原地踏步。我已疲惫，想停下来，遵循自己的本心而去。停下来并没有什么不好，只是害怕以错误的方式停下来，一味地否定自己，不再渴望走下去。

多年的行走让我习惯了在都市文明与乡野文明之间转换，发达的交通工具让千里之外的陌生疆域变得唾手可得。我们以不同的目的闯入别人的世界，以短暂的时光去体验别样的生活。

不知不觉，旅行已经是我生活中的一部分，我好似怀着某种固执的偏狂一路行来。在低限度的物质消费中，只为了更好地体会当地的风土民情，更接近自己原本的内心。

难忘从叶城到狮泉河的新藏线旅途：四天四夜的风雨兼程，夜宿驾驶室，我蜷缩在座位上，盖着被子，忍受着寒冷、疲惫和一路的颠簸。那几日，不断地深入大地，窗外是一路的荒凉与坦荡，天地间万籁俱寂，有种凄美的感觉。

这样的旅行既艰苦也不浪漫，唯一的好处是可以和自己独处。这是令我着迷的地方。

我以为，以低廉的物质消费去旅行，并不仅仅是为了调剂心情和增长阅历，更是为了时刻提醒自己，在极度贫穷与落后的地方，还有那么多的人可以拥有简单的幸福，并安逸地生活着。从他们身上，我努力学会平和与宽容。

安徒生说："去走动，去呼吸，去飞翔，去漂流，去付出和获得，在遥远异国的道路上徘徊，旅行即生活。"

其实，每个人都可以按照自己的意愿去生活，而不仅仅只是为了生存而活着。

目　录

上篇：玉树不倒，青海常青

第一章 以爱之名远行

A journey of a thousand miles must begin with a single step.

——Lao Tzu

01 "为爱远征"团队

"赵老师，你什么时候过来啊？我们已经到青海湖了。这里太美了！"当黑叔按捺不住兴奋的心情打电话过来时，我正在广州天河北一家大型超市里购物，顺便为两天后的玉树之行采购一些食物。

超市里有些嘈杂，信号又不太好，我耳朵贴紧听筒，对着话筒提高了音量说："你们先骑吧，我两天后出发，火车票已经买好了。到时，我尽量早点赶过去和你们一起骑。"我叮嘱他们一路骑行注意安全后就收了线。

黑叔是此次"为爱远征"赴玉树地震灾区支教团队骑行组的组长。黑叔脸比较黑，年龄并不大，研究生刚毕业，在珠海一家学校做老师，报完到就和其他队友骑车先行出发。他是除了我之外年龄最大的一位，被其他队友戏称为"黑叔"。

黑叔本名叫卫平。当然，我不叫他黑叔，而叫他黑子或小黑。黑叔理科出身，戴眼镜，个子不高，长得又黑又瘦，脸一笑就堆满了皱纹。他读书期间肯定属于夜猫子型学生，典型的理科男。

我们"为爱远征"支教团队成立于2010年，缘起当年的玉树地震。

2010年4月14日上午7时49分，青海省玉树藏族自治州玉树县发生地震，最高震级7.1级。这是继2008年汶川地震以来国内又一特大灾难，举世震惊。

我们的"为爱远征"团队就是在这一时期成立的。在胡鹏的倡议下，团队成立之初希望能够利用暑假通过单车骑行的方式奔赴玉树，为灾区教育奉献一份微薄之力。

此次"为爱远征"团队是第二次去玉树支教，分成两组前往，一组从西宁开始骑行先行出发，另一组乘坐火车和汽车。两组人员在7月底同时到达玉树，再前往隆宝镇一同进行支教。

"为爱远征"支教团队还有一支队伍将奔赴云南盈江。两支队伍由两位老队员具体负责：一位是贵添，负责云南盈江的支教队；另一位是莫柳，负责青海玉树的支教队。

由于有了第一年的经验，前期的准备工作，从招募志愿者、队员分工，到出发前的培训、路线的确定、支教任务的分配等，都进行得有条不紊。

我作为带队指导教师，和队员一起去支教。

02 爱心捐赠

7月的某一天，我叫上队友罗燕一起到华师附属幼儿园去领捐赠的图书。

为灾区小学募捐一批图书，是我后来才有的一个念头。出发前的那段时间，看着队友都在忙碌地准备着，我想我也应该有所作为。

　　考虑到藏区的孩子汉语能力有限，小一些的孩子可能还不认识汉字，更不会讲普通话，因此少儿读物一定要图文并茂，最好是启蒙性质的，因而这次募捐的对象就锁定在幼儿园即将升入小学的大班小朋友身上了。

　　有了这个想法之后，我当即联系了华师附属幼儿园的邹晶老师。邹老师是我儿子的班主任，工作热情有爱心。邹老师听说是为玉树灾区的小朋友募捐读物，非常支持。她建议我写一份书面的募捐倡议书，一方面便于向领导汇报，另一方面可以争取在更多的班级里发动募捐。

　　当晚坐在电脑前，我手指麻利地敲击着键盘。

关于向玉树灾区小朋友捐赠图书的倡议书

华师附属幼儿园的小朋友及家长：

　　快乐的暑假就要到来了，小朋友们是不是很期盼过一个有意义的假期呢？对于许多小朋友来说，过一个快乐的暑假，就会长大很多，长高很多，更加懂事了。

　　在我们无忧无虑的时候，是否想到过在遥远的祖国西部，在辽阔的大草原上，美丽的青海省玉树藏族自治州曾遭受过7.1级大地震，许多藏族小朋友失去了家园、失去了学校，甚至失去了父母。

　　灾难无情人有情，一方有难八方支援。在全国人民的关心帮助下，玉树灾区重新建立了家园、建立了学校。可是，对于灾区的小朋友来说，他们还缺少图书。为了能够让灾区的小朋友读到好看的图书，学到更多的知识，希望我们小朋友们奉献自己一份小小的爱心，将自己不需要的图书、画册捐献出来，送给玉树的小朋友，与他们一起分享读书的快乐。

　　小朋友们，你们的爱心就是他们快乐的源泉。

　　华师"为爱远征"赴玉树支教团队对你们的爱心表示衷心的感谢！

2012 年 7 月 10 日

　　写完之后，我迅速将倡议书发给了邹老师。

　　离幼儿园放假只有两天的时间了，能募捐到多少图书，我心里没底。即将脱离幼儿园升入小学，大班的小朋友们都处于极度的兴奋之中。毕竟对于中国的儿童来说，小学是人生奋斗道路上非常重要的阶段之一。

在幼儿园门口向保安说明来意，登记之后，我径直走到教室。大（1）班的小朋友们在三位老师的指挥下，热情高涨地提着书袋从二楼往下搬。对于这些六七岁的小朋友来说，装图书的袋子显得过于庞大而笨重。他们争先恐后地抢着拎书袋，幼稚、粉嫩的小脸因手中的重物而涨得通红。

"叔叔，你看，这是我看过的书！"

"叔叔，这些都是我捐的！"

多好的祖国花朵啊。

玉树比较偏远，快递公司无法送达，只能先快递到西宁市。幸好，那里有一个蓝天救援队的分支，可以暂时接收这批图书，等我们到达后再交给我们。

快递公司的小伙子上门服务时，得知是往玉树地震灾区捐赠的图书，就爽快地自作主张在快递费上给了一个优惠。

其实，每个人都是有爱心的。当面对难以抗拒的自然灾难，每个人本能的爱心都会被激发出来。从 2008 年汶川地震以来，国人的爱心空前高涨，每个人都想为灾区出一份力。

从募捐图书的想法在脑海出现到领回几十公斤重的图书，总共只用了三天的时间。谢谢此次所有帮助玉树灾区的老师、小朋友和家长们。谢谢你们！

03 征程从火车开始

我本应该同第一批先行骑行组出发，但由于期末学校事情烦琐，耽搁了几日，只能和第二批队友一起乘火车，到达兰州后再独自转车赶赴西宁，追上骑行组一起骑行。

出发去玉树的日子到了。

此时的广州正值盛夏，烈日炎炎。高温的天气持续多日，热带风暴总是与广州擦肩而过，不肯降下一滴雨水。天气闷热，呼出的气体如同蒸汽机里喷出的气体一般炽热。校园因放假而少了行色匆匆上课的学子，没有了紧张、活泼的课堂，却多了几分幽静与安逸。

与队友唐琳依在学校教学楼前会合后，我们提着行李奔向BRT站台，可开往火车站方向的公交车都是人满为患，我们行李太多根本挤不进去。于是我们果断放弃BRT，改乘地铁过去。

下了地铁，刚好碰到从大学城赶来一起出发的队友雅楠、柱洪和敏璇。他们携带的行李更夸张，肩背手提还外带一个大大的纸箱，里面装着队友们为玉树小朋友准备的小礼物。还带着一块大大的展板，上面印刷着为隆宝镇中心寄宿小学制作的校歌。

我和琳依购买了两张卧铺票，白天让其他三个队友轮流去卧铺车厢补补睡眠。

我喜欢乘火车旅行，喜欢坐在火车上，看窗外飞驰而退的树木、山川、河流、房屋，领略神奇的地域变化和时空转换。夜晚，在飞驰的列车上，我听着车轮撞击铁轨有规则的声响，很容易就进入梦境。

列车经过一天两夜的行驶，终于在第三天早晨七点左右到达了终点兰州火车站。在站台上我们暂别，他们四人将在兰州逗留几日，而我将再次登上西行的列车，马不停蹄地开始又一征程。

我提着行李以急行军的速度来到另一站台，跳上从兰州开往西宁的动车。离发车时间太短，我根本来不及买票，只能先上车再说。如果赶不上这趟动车，下一趟动车就得等到中午了。

车厢内很快坐满了乘客。头裹纱巾、头戴小白帽的回民多了起来，甚至还有卷头发、高鼻梁的维吾尔族青年。

火车准时出发，在广袤的荒原上飞驰。窗外的黄土坡上一排排的白杨树在眼前一晃而过。放眼望去，黄土满目，壮阔又荒凉。

两天前，我还身处繁花似锦的南方城市。我所在的城市，一进入春天，空气中总是弥漫着挥之不去的潮湿，而且一年四季都是满眼的翠绿。而今，纵横在千里之外的西域，满目苍凉的黄土，厚厚的尘土下埋藏着厚重的历史。窗外偶尔掠过的绿色，还没来得及仔细观望就一晃而过。干燥的土地上尘土飞扬，过往的行人看上去都是风尘仆仆。

离开了城市精致安稳的生活，在这飞驰的列车上，望着来来往往的人群，我茫然若失、恍如隔世。

在列车上，我拨通了西宁蓝天救援队工作人员的电话。希望能在他们那里借宿一晚，买到单车后再坐汽车去追赶前方骑行的队友。

我表明身份和来意后，对方告诉我，他们那里还住着其他志愿者，无法收留我。正当我失望之时，他又告诉我，说莫柳她们的后备车今天从西宁出发，让我与她联系，看是否可以赶上。

莫柳和冰如是随第一批队友一起出发的，不骑行，只是随后备车做好后勤。听到莫柳还在西宁的消息，我又惊又喜。按理说，她们第一批队友出发好多天了，后备车应该是跟随骑行组啊，怎么还在西宁？

一切落实好后，我一阵欢喜。顺利的话，下午就可以和第一批的骑行组胜利会师了。

玉树之行还算顺利。最初，一位在东莞做生意的青海籍雷老板听说我们要去他的家乡支教，颇为感动，亲自安排人员在兰州、西宁接待第一批队员，还免费提供一辆皮卡车跟随骑行组，以防不测。

皮卡车的司机也姓赵，与我是本家，人非常和善，有几十年的驾龄，坐他的车很踏实。会合后，我们直奔西宁全民健身中心，找单车店购买单车。

西宁作为青藏公路上重要的省会城市，吸引了众多单车爱好者前来。青藏线是入藏线路之一，平均海拔在 4000 米之上，高原缺氧，骑行的难度可想而知。

这几年，青海省重点打造黄金赛事"环青海湖"自行车赛，现在已经成为国际顶级赛事之一，每年的七月份都会吸引世界各地的众多选手前来参赛，也吸引了大批的游客观赛。

我们此去的线路是沿着 214 国道骑行，翻越巴颜喀拉山口进入玉树藏族自治州，最终到达支教学校——玉树县隆宝镇中心寄宿小学。

04 日月之山

将新购买的美利达 550 装上皮卡车厢，赵师傅驱车带我们来到一家餐馆吃羊肉泡馍。接近中午，我们吃的却是早饭。

每人一大碗羊肉汤和两块饼。我们男同胞"秋风扫落叶"般吃完了各自的早饭。莫柳和冰如是女生，又是地道的广东人，吃得要比我们含蓄斯文得多。

"等一会离开西宁，上到高原，想吃到这么好吃的东西就难喽。"我半开玩笑地对两位女生说。

皮卡加满油很快驶入西出城关的大道，顺利拐上高速路，往湟源方向驶去。在那里，我们的骑行组还有两名队员黑叔和罗燕在等我们。

骑行组队员已经来到青海湖，而队友罗燕不知是水土不服还是高反的缘故，发起了烧。为了安全起见，黑叔陪同她返回湟源县城打点滴。

我心中一直有个疑问，后备车应该是随骑行队伍一起的，怎么也滞留在西宁呢？

在车上，莫柳告诉我，先前的皮卡车司机因为有事需要返回，于是又找了一位司机，也就是现在的赵师傅。于是莫柳和冰如随车一同返回西宁，顺便采购一些物资。

在高速路上，右边的荒山上出现了"多巴训练基地"几个大字。这里的海拔已经达到了 2800 多米，是理想的高原训练场地。当年，中国体坛曾经出现过一位叱咤风云的人物，他带领中国女子中长跑队员获得一枚枚世界级赛事的金牌，为国家田径队捞足了面子。因为他的赫赫战绩，他与队友曾经应邀出席了春节晚会。他从一位乡村体育教师骤变为世界冠军教练。"多巴"就是这位教练当年常来的高原训练基地。后来，由于种种原因，中国女子中长跑失去了昔日的辉煌，这位颇受争议的功勋级教练也由神坛走到人间，并渐渐淡出了人们的视线。

他就是马俊仁，为中国体坛书写过辉煌篇章却颇受争议的东北汉子。现在"多巴"高原训练基地应该还在发挥着作用，只是由于英雄式人物的退场而不再如往日那般瞩目。

车很快驶入湟源县城。在约定的地点，我们静候着两位队友的到来。

再次见到罗燕，感觉她那俊俏的脸好像浮肿了一些，圆乎乎的脸被头巾裹得严严实实。黑叔，我们倒是第一次见面，黑黑瘦瘦，比实际年龄苍老很多，对得起"黑叔"的称号。

现在我们是五个人加一个司机。由于担心高速路上警察查超载，我们当中有一个人要改乘其他车辆前往目的地——共和县。

"我去坐车吧。"作为老师，我有责任把便利留给学生。

最后还是决定让黑叔坐车过去。这样的安排是大家为了弥补我没有到青海湖的遗憾，而黑叔已经在几天前骑车翻越日月山之后，骑行到了青海湖。

赵师傅忙着将两辆单车放到皮卡车车斗里。东西太多，冰如只能把准备的两个氧气枕头拿在手中，一路抱着。

接近日月山时，两边的草原渐渐出现，成片的油菜花还在争奇斗艳地怒放着，像黄色的地毯整齐地铺展在绿茵茵的高原草甸上，为高原增添了不少生机，一扫之前看到的西北黄土高坡的苍凉之色。

路边的田野里青稞随风泛波，一片片黄灿灿的油菜花穿插其间，形成一幅天然的油画。这是一年中最好的季节，目光所及让人心旷神怡。

日月山是青海省内重要的山脉之一，是草原与黄土高坡的分界线，也是青海省东部农业区和西部牧区的自然界限，翻过日月山也就算进入草原了。这里曾经是文成公主远嫁西域途径的地方。

转过一个山弯，拐向岔路，日月山就在不远处，日月亭也隐约可见。可是，长长的车龙堵在了路上，前进不得。远处空旷的草场上空放飞着许多的风筝，原来我们正赶上风筝节。

很快，后面的长龙接了上来，这个时候挤在中间想掉转头都难。有些车上的游客已经下车步行前往日月亭。我们也下车看风景，赵师傅找了个空挡掉头调车。

　　相传当年文成公主远嫁吐蕃，唐太宗赐赠了一柄可以显现愿望的神奇宝鉴，可以在想家时拿出来。当送亲队伍来到日月山时，公主登高回头东望，思绪万千，便拿出宝镜观望故土长安。宝镜上出现"八水绕长安"的美景和皇宫富丽堂皇的舞榭歌台。公主想到此去吐蕃再也回不去长安了，不禁珠泪涟涟、柔肠寸断。护送大臣李道宗见公主悲痛欲绝，力劝公主应以国家社稷为重，勿要儿女情长。公主听罢劝

告，为斩断情丝，以表决心，毅然将宝镜掷于山下。宝镜落地分为两半，分别化作现在的日月二峰。公主洒下的泪水由东向西流淌，变成了现在的倒淌河。

"吾家嫁人兮天一方"，远赴雪域高原，华盖之下，众人簇拥中，一个女子的命运从此改变。在这场政治联姻的和亲中，公主的悲欢离合、忧伤哀怨，又有谁顾及些许？

05 会师共和县

皮卡重新驶回大道，一路畅通无阻。中途经过文成公主雕像，高大的雕像默默耸立在一个广场上。

共和县是一个比较大的县城。骑行组队员已经找到住处，有很大的院子，便于停车。

为了节省开支，我们十人开了三个房间，一个双人间我和赵师傅住；另一个双人间，四个女生住；四个男生拼床住在一个三人间。

安顿好住宿，天色还早，但骑行队员早就腹中空空，我们便来到旅店附近一家羊肉面馆吃饭。推门而进，正在埋头吃饭的当地藏民突然间都放下了碗筷望向我们。短暂的寂静后，面馆又恢复了说笑声。看惯了黑脸庞、穿藏袍的同胞，他们一下子见到这么多陌生的汉人面孔，大概有些不习惯。

等待上菜的时候，我环顾四周，发现吃饭的藏族同胞也在不断地抬头警惕着我们这些陌生的外地人。我友善地露出笑容向他们点头示意，逐渐他们也向我们报以柔和的目光。

我们每人面前端上来一大碗面食，骑行队友马上表现出强悍的战斗力。后来的几天，我陆陆续续地了解到，他们一路骑行过来，为了节省开支，正餐的费用都压缩到了极致，饭量大的男队友因为没吃饱根本就没有体力骑车。

"那也不能这么艰苦啊！"我对黑叔和王瑞说。我深知骑行时体力消耗很大，如果连基本的饮食都不能保证，队友的身体早晚会出毛病。

回到旅店，下午的日头还高高在上，我们还有时间找一所小学进行调研。

皮卡车上放了不少采购的物资，其中也有北京联益基金会为沿途调研小学准备的体育用品。莫柳她们的另一项任务是考察沿途的小学，做好调研，汇总后提交给联益基金会，由基金会决定是否需要进一步做好跟进工作。

骑行的几个队友想在旅店里洗衣服休息。我以逸待劳了多日，想同他们一起寻找当地的小学，顺便骑骑我刚买来的单车，看看性能如何。

带上联谊基金会赠送的体育用品，我们一行四人踩着单车很快就找到了一所小学。

这所小学正值放假，只有一名值班阿姨守门。在校门口我们遇到一位学生在玩耍，站在门庭向里望去，整个校园一览无遗。这是一间普普通通的学校，教学楼、办公楼齐全，操场正在利用假期进行翻修。

在耐心等待校长时，莫柳与那位小朋友亲热地聊起来，腼腆的小家伙很快就放松了警惕，如实回答了我们有关学校的问题。

很快来了一位副校长，他把我们引进了门卫的值班室。莫柳拿出一份问卷表，逐一询问。副校长不失时机地向我们诉说了学校的种种苦衷和急需的东西。莫柳一一记下，表示会向基金会汇报。临走时，我们将基金会捐赠的体育用品交给了副校长。

多年来，西部的基础教育相对还很薄弱，我们的教育资源分配还很不合理，大城市的教育占用了太多的优良师资和资源，而真正需要大力提升的边远地区的教育却没有得到应有的改善。教育上的投入常常是"锦上添花"，而很少能做到"雪中送炭"。真希望"百年大计，教育为本"不再仅仅是个叫得震天响的口号！

第二章　骑行唐蕃和亲之路

Do not follow where the path may lead. Go instead where there is no path and leave a trail.

——Ralph Waldo Emerson

01 重温骑行感觉

我睁着眼睛看着窗外的天色由暗到亮。

旅馆的老棉被有点潮湿，盖在身上带来的压迫感让我睡得气喘吁吁、浑身酸痛。床单上若隐若现的污渍和枕头上的气味让人不适。居住环境的变化在短期内对我的睡眠产生了影响，我总是在半醒半睡之间来回转换，睡不安稳。

闹钟还没有响起，我坚持躺在床上，直到天光大亮才决定起床洗漱收拾行李。

本来晚上开会做好决定，以后的骑行尽量早出发，趁早晨的凉爽多赶一些路程，早点到达目的地。可队友们的房间都还没有动静。

下楼来到院子里，一切静悄悄的，天空灰蒙阴暗，有种氤氲的寒意笼罩着。

我万分抱歉地把睡眼蒙胧的值班姑娘叫醒，打开存放单车的库房，逐一将单车搬了出来。

今天是会合后的第一天，我们的线路是沿着214国道一往直前通向玉树。

按照这几天的骑行情况，队友们已经磨合出了一个骑行队形。由于骑行经验不同，体力有别，队友尽量两两结合，并重点照顾两位女队友。

后备车不必和我们一起出发，他们可以做到后发先至，超越我们然后在前方停车等候。有辆后备车就是安心、踏实，解决了我们的后顾之忧。

国道两侧的草地长势并不好，一些地表裸露着沙土。不远处正在修建一条高速路，一直要贯穿到玉树州。几个大型挖掘机正在忙碌着，挖掘出的草皮一层层叠放在路边，以备之后重新修复草地。

可能是很久没有进行骑行了，我右膝处的旧伤又开始隐隐作痛。我不得不放慢速度，尽量不用右腿发力蹬踩，以此来减轻对右膝的压力。可疼痛感并没有缓解。

在西宁购买单车时，我挑选了一款17寸的现货。现在骑行起来，才感觉车架有点长，我必须伸直手臂、拉长后背，这样进行骑行，很快我就肩酸背痛，苦不堪言。

中午时分，赶上前方等待的后备车，我们席地

而坐，吃完了早饭时打包的包子，休息片刻后准备再次出发。这时，队友火生的单车后轮胎瘪了。火生开玩笑说是他的人品大爆发引起的。

正值中午艳阳高照，晴空无云。为了防止紫外线的过度照射，我们个个都成了蒙面飞侠。我们以单车为战马，一边驰骋在青藏高原上，一边看云卷云舒。

骑行中，我尽量胡思乱想，借此转移右膝疼痛的注意力。可怎奈这顽疾伴我已十几载，强度稍大右膝就想闹"罢工"。考虑到后面还有几日行程，还要翻越巴颜喀拉山口，我必须量力而行，循序渐进。

国道两侧的草甸渐渐茂盛起来，野花杂乱地在草地上茁壮成长。

前方已看不见队友踪影，后面的队友火生和张翔补胎耽搁了，尚未赶到。为了缓解右膝的疼痛，我停车休息。看着绿茵茵的草地，我索性将单车留在路边，跨过路基沟渠，躺在草地上睡起觉来。

微风阵阵袭来，夏日暖阳洒在身上，闻着身边野花混合泥草的芳香，我深呼吸，做了几个发自肺腑的吐故纳新。

我舒坦地将四肢展开，完全不理会草地上小飞虫的袭扰。被阳光照射得昏昏欲睡，我准备与周公畅谈人生之路。

不知过了多久，耳边听到汽车的刹车声。"赵老师，你怎么样？"莫柳的声音随即传来。

我翻了个身坐起来，活动一下筋骨，还是感觉浑身无力，右膝的疼痛仍旧不见好转。

抬头望望空无一人的前方，我问："火生他们呢？过去没有？"

"还没有，在后面不远处。"

"赵老师，要不要坐车？"后备车里的冰如也试探地问道。

"好，不骑了，腿有点骑不动。"

赵师傅帮着把单车放到后车厢上，并用绳子固定紧，我坐上副驾驶

的位置。

"腿怎么样?"冰如关切地问。

"没什么。老伤了,强度一大就会疼。"

今天的行程,我们本打算到大河坝乡住宿。但到达河卡时,听说大河坝乡住宿条件很差,于是决定当晚在河卡过夜。

住宿的地方仍然要求有院子,便于停车。我们住的旅舍是一排平房,长长的走廊用玻璃封闭,便于冬季保暖。

下午时间尚早,几个队友在洗衣物。我打开手机上网看新闻,被一条新闻震惊。两辆高铁在温州段相撞,死伤人数不明,各级部门正在全力营救。我们赶紧聚集在一起,打听事故的进展情况。

打开房间里的老式旧电视,模糊的画面布满了雪花点,即使是拿电视当收音机使用,效果也不好。在这里,电视明显成了一个摆设。

沉痛的新闻加上陈旧的老伤,一天的好心情就这样没了。

02 美味的野餐

在外旅行,睡眠不好其实并不是什么大不了的事。离开了自己熟悉的环境,到达一个陌生的地方,闻着散发着怪异味道的被褥,再怎么没心没肺的人都可能失眠。

天亮起床,感觉右膝还是没有好转,干脆再休息一天,坐皮卡随行。女队友嘉琪也选择坐车前行。

其他队友为了节约时间,没吃早饭就出发了。因为头天没有按计划骑到前方的大河坝乡,今天就要多骑点了,并且还要翻越两座大山。我们从容地吃完早餐,买点包子给骑行队友带去。

当皮卡车追上前面的骑行队友时,几位队友正在一处岔路口犹豫不决。一条是规规矩矩的盘山公路,一条是当地人徒步走出来的上山捷径。张翔已经沿盘山公路骑了上去;火生则选择捷径抄近路而上,还可以看得到踪影;另外几人则在原地犹豫观望。

是规规矩矩沿路骑行，还是走捷径？这个问题我在 2007 年骑川藏线时也遇到过。一边是弯弯曲曲的盘山公路，一边是径直的乡间小道。当时我和其他队友是老老实实地沿国道盘旋而上，而另外三名队友以为可以省时省力就抄了近路。结果，他们费了九牛二虎之力，因为一个人推车根本上不去，两个人推一辆车才能连滚带爬地勉强上来。

于是我们把抄近路的火生召回，让他们吃完包子沿公路慢慢骑行。

其实，看起来让人望而却步的盘山公路并不可怕，"之"字形的公路降低了上坡的难度。只要按照固定的踩踏频率和节奏骑行，并不会感到太吃力。相反，那些看似一马平川、起伏不大的高原上坡路，却要困难得多。因为没有了盘山公路不断上升产生的海拔落差的对比，会让人产生视觉的偏差。看上去是平路其实是上坡，看上去是小坡，也许坡度要比想象中大。如果不幸再遇到逆风而行，那么只有喝西北风的份了。

这条盘山公路通往鄂拉山隧道。隧道穿山体而过，刚开通不久，从这里过不必骑行到垭口之上，因而为骑行降低了不少难度。

在隧道口等候所有队友的到来。隧道有两公里多长，里面昏暗。为了安全起见，赵师傅要求所有骑行队员跟随皮卡车前行，决不允许超越队友骑行。皮卡车在前面开着大灯，慢行开路。

过了隧道，就是骑行队友期盼的大下坡。鄂拉山这边的草甸又厚实了不少。

队友骑着单车已远去，我们随车人员不用急着赶路。赵师傅将车停在路边，让几位爱臭美的女生到草地上撒撒野。远处的山坡上，五彩的经幡组成了彩色的藏塔图案，在蓝天和风马旗的簇拥下，显得异常鲜艳夺目。

空旷的山野里，偶有车辆经过，盛开的野花在草丛中随风摇曳。天是蔚蓝的，白云在天空中懒散地漂浮着。青藏高原上的天是那么蓝，像深奥的大海，蓝得有点不真实。

一位少年赶着羊群在放牧，白色的羊群在绿色的草甸上缓慢移动，像一块白色的地毯在绿色的海洋里随意漂移。

山脚下几片裸露的石块上刻着经文，有些尚未完工，还只是石头的颜色。旁边的草丛中也散落着一些玛尼石，我发现了一块用五种色彩涂色的刻着六字箴言的玛尼石，十分漂亮。

在藏地，刻有"嗡嘛呢叭咩吽"六字箴言的玛尼石在山崖上、溪水中到处可见。五色为红、白、蓝、绿、黄，分别代表着不同的含义。这些艳丽的色彩在藏区有着深刻的含义：红色表示权利和欢乐；白色表示吉祥和慈悲；蓝色表示愤怒和庄严；绿色表示生命和欣慰；黄色表示温暖和功德。这五色也象征着金、木、水、火、土。

这里的蓝天、白云、草原，无不鲜亮醒目，展现在眼前的画面所造成的视觉冲击是无以言表的。生活在这样的环境里，藏族人自然也要选择五彩缤纷的颜色来与大自然相呼应。

六字箴言是藏族人最常诵念的经文。他们坚信，只要依音念诵，自然功力殊胜。

风被阻挡在山的另一边。天高云低，艳阳高照，云的影子摸着起伏的山峦在缓慢移动。我仰躺在草甸上，被阳光照耀得慵懒无力。草甸散发出的芳香让我产生一种不真实的错觉。

我享受着旅途带来的惊喜，用感恩的心去感受大自然带来的恩惠。旅行的意义不在于目的地，而在于途中的经历和路上的风景。

午饭是在路边一条清澈的小河边就地解决的。

小河在山谷间逶迤而行。这里水草丰美，远离公路，很适合野餐。

我跳上河中央凸起的大石头，洗净双手，捧几口河水喝下。河水清凉怡人、甘甜可口。再洗把脸，用右手沾点河水轻拍后颈。顿时，混沌几日的大脑清醒多了，沉重的头颅也轻灵了许多。几位女生不顾河水的冰凉，卷起裤脚赤足下水。

我们席地而卧，耳畔是悦耳的溪流声。在这样如画的风景中就餐，即使是啃馒头吃咸菜也是一种享受啊。

微风渐起，我们拉紧衣服拉链，火生干脆撑起雨伞挡风。

早晨出发时带的开水早已变凉。冷风丝毫没有降低我们就餐的热情，啃着馒头就着咸菜，大家伙居然吃得津津有味。如果这时能够喝上几口热水，就堪称完美了。

馒头大餐结束后，风有变大的趋势。这里空旷临河，风势更大。那就赶紧赶路吧！

03 夜宿驾驶室

当天的住宿选在温泉乡临国道的路边一家藏式小旅店。拥挤的房间里摆上四张床之后，几乎就没有下脚的地方了。我们到达时只剩下两个房间八个床铺了。

这里的海拔 4460 米，条件异常艰苦。说是乡镇，其实也就是一条临国道的街道，有店铺为过往的司机和游客提供简便的服务。

这家旅馆正在扩大规模，还在新建房间。院子里杂乱无章，沙土、

木板等建筑材料堆了一地。本来就不大的院子，更显得逼仄。院子旁边的角落有一口压水井，流出来的井水冰冷刺骨。我懒得洗漱了，一想到用冰凉的井水洗脸刷牙，我后背就感到丝丝凉意，牙缝里也直冒冷气。

我掀开厚厚的棉被门帘，走进主人房间，想向主人要一壶开水喝。房间里昏暗，一盏微弱的电灯悬挂在房梁正中间。房间里摆着藏式的家具，一位上了岁数的藏族阿妈在床榻上正襟危坐，手拿转经轮，口中念念有词。

这就是典型的藏族老人的生活写照，平日一有时间就转经念佛，这是他们的生活方式，更是他们的信仰。藏民的礼佛行为融入日常生活，影响着他们的一生。正是这长年累月的信仰造就了藏族人民善良、慈悲、宽厚的性格。

吃过晚饭回到旅馆，我们在拥挤的房间内召开例会。这时，赵师傅从院子里走进房间轻轻拍了一下我的肩头，示意我出来，有事要和我商量。

赵师傅把我带到在院内停的皮卡车边，拉开车门，放倒驾驶座椅靠背躺下后，指着副驾驶位置说："赵老师，你来试试看。"我依言照做躺下。

"晚上我们俩睡这里怎么样？"赵师傅又补充道："一会找老板拿两床被子过来盖。"

我心头一热，忙说："好啊，只是委屈您了。"

"没事。谁让咱俩是长辈。"

赵师傅驾驶汽车走南闯北，夜宿驾驶室是司空见惯了的事情，我倒是第一次尝试。

几位队友见我和赵师傅迟迟没有回房间，出来查看情况。罗燕马上就明白是怎么回事，说道："赵老师，你们在我们房间睡吧。我们两个人睡一张床，刚好余出两张床。"

"不用啦，你们也骑了一天了，要好好休息。"

"没关系，我们两人一张床不挤。你们睡在驾驶室里，我们过意不去。"

"真的不用啦！那床太窄了，两个人挤在一起睡不舒服。"

"赵老师，你明天骑车不？"

"骑啊，应该可以的。"

"那就到房间睡吧，休息好，明天才能有力气骑啊！"

"真的不用，我主要是想体验一下睡在驾驶室的感觉。"

厕所在院子最后面的角落里，黑灯瞎火的。在青藏高原的穷乡僻壤中，如厕环境可想而知。对于久居城市讲究的人来说，去趟厕所真是需要鼓起勇气的。

这里缺水少电的，与"温泉乡"这个名字实在无法联系到一起。

回到驾驶室，赵师傅已经盖好被子躺下了。

"把脚放高点，用被子裹紧。脚暖和才不会感觉冷。"赵师傅用他的经验交代我说。

我将自己裹得像木乃伊一样，不给冷风一丝缝隙。这样虽暖和，却也动弹不得。

为了保证驾驶室空气清新，我们睡前把车窗玻璃摇下一丝缝隙。空气是清新了，但被子的味道却没法驱散。

04 雨中洗礼

"花石峡不吃饭，玛多不住店。"这是常年行走于唐蕃古道上的人总结出的一句谚语。意思是说人到花石峡和玛多会因高原反应而非常难受，最好不要在这两个地方逗留。而我们却要在这两个地方停留。

在花石峡路边的四川小餐馆里吃过早餐，将随身带的水壶悉数装满水，我们回到藏式小旅店的小院内开始闷头整理行装。

近来天气不稳定，连日预报的雨水天气并未如期而至。考虑到高原气候变幻无常，我们还是不敢掉以轻心，早早地备好了雨衣。

阴沉的空气笼罩在院落中，我们个个一言不发，表情木然，神情严肃。娴熟地挂好驮包之后，再用绑带将驮包五花大绑固定在货架上，接过定额分配的午餐馍馍，戴好眼镜、头盔、骑行手套，我们宛如整装待发奔赴战场的战士。

睡眠照样不好，头昏昏沉沉，我却已经习以为常了。

从花石峡出发，漫长的缓上坡，偶尔的逆风都在消耗着我们的体力。我们都加穿了外套，逆风骑行，贴身的上衣因热量散发不出去而渐渐被汗水湿透。我没敢褪去外套，以免因风而感冒。在高原上，一点小小的感冒都不能轻视，因为缺氧很容易引发肺水肿，甚至危及性命。

中午时分，赶上停在前方等候的后备车，拿出准备的午餐和水壶，我们在路基下的空地上席地而坐。拿着干裂无味的馍馍和咸菜，我竟也咀嚼得津津有味。

休息的时候，也是"冲浪"的时候。不知是哪位队友将如厕这么不登大雅之堂的称呼改成了"冲浪"，既隐蔽又有趣。我们多是在远离村镇的荒无人烟的公路上骑行，"冲浪"基本是在路途中解决。在路边，找个无人之处就地解决，既天然又环保，顺便还给草地施了一次有机肥。女生"冲浪"却不方便，她们结伴远远地消失在一座土包后。

填饱肚皮后，顶着高原强烈的紫外线，我们就地顺势卧倒，享受着难得的午休时光。此时，我们都没有预料到即将迎来大雨中的艰难骑行。

下午继续延续单调乏味的骑行。渐渐地，我们拉开了距离，各自按照自己的节奏奋力骑行。路上行车稀少，就连跑运输的车辆也不多见，公路一侧偶尔可见修建高速公路的建筑车辆在忙碌。被推土机铲掉的草皮方方正正，整齐地码在两侧。

我们正埋头奋力攀爬一处漫长的上坡时，前方密布的乌云倾城般向我们压来。顷刻间雨滴落了下来，淅淅沥沥的雨水转瞬间变成水柱倾泻而下。

高原上空空荡荡，没有任何可以遮风挡雨的地方，连棵大树都难寻见。

我赶紧在路边停车，取出雨衣穿上，飞身上车，快速踩踏，以最短的时间达到最快的速度骑行。此时，我突然间莫名地亢奋起来，好似打了鸡血一般。我全神贯注，早已无暇顾及右膝的伤痛，将全身的力量都用在一个动作上，那就是踩，用力地踩，想早点冲出雨水的包围。此时的我们个个自身难保，一旦落在队伍后面，必将成为别人的负担。我们的目标只有一个，就是尽快逃离这片云层。

路面上的积水越来越多。我时不时从一处处水洼上碾过，水花划过一道道优美的弧线从车轮两侧飞溅而去。此时的我弓着背，弯着腰，低着头，尽量避免雨水从正面袭击面部。雨水噼里啪啦地敲打在头盔上，顺着脸颊流淌下来。耳边充斥着车轮高速运转与地面柏油摩擦的"吱吱"声和"哗哗"的落水声。

早晨临时应急加装的单车前轮挡泥板形同虚设，近乎装饰。前轮飞来的雨水经挡泥板阻挡飞向两侧溅到裤腿上，顺着裤脚不断地淌进鞋内。僵硬麻木的双手在灌满了雨水的手套内早已不听使唤。

冷，刺骨的冷！高原上冰冷的雨水淋在身上，我只能靠奋力的踩踏带来热量以抵抗雨水的寒冷。

在肆虐的大雨中，雨衣根本无法抵挡雨水的蹂躏，轻飘飘的雨衣已经合着雨水紧紧地贴在湿透的肉体之上。

眼镜的镜片上也沾满了雨水，雨水和呼出的气体使镜片模糊不清，我根本无暇顾及，只能透过模糊的镜片望向前方不远的路面。此时水天相连，整个大地被雨雾笼罩着。骑行中的我如同在惊涛骇浪的大海中航行的一叶孤舟，弱小无助、孤立无援。我唯一能做的就是咬紧牙关，调整呼吸，保持最高时速快速蹬踏。

狂暴的大雨激发了我体内仅存的能量。我仿佛变成了勇猛的战士，愈挫愈勇、愈挫愈强。我抖擞精神，拼命骑行，此时的我不仅在和雨水赛跑，更是在和自己赛跑。

大雨丝毫没有减弱的迹象，云层始终像幽灵一样笼罩着我们。

骑行中，迎面驶来一辆辆军车，足有几十辆。军车驶来，浩浩荡荡。汽笛声骤然响起，低沉的汽笛声穿透雨雾在旷野间回荡。多年的骑行经验告诉我，这是解放军战士在向我们打招呼。我抬起头，透过模糊的镜片望去，隐约看到有些驾驶室里的战士在向我挥手，还有一些战士伸出了大拇指。

我不断地向鸣笛的军车挥手示意。突然间，我感到胸腔发闷，鼻腔发酸，眼腺发麻，眼睛再次模糊。这时，我觉得自己虽不幸却坚强。

雨中的高原空气格外清新，我大口地呼吸着。湿润新鲜的空气让我头脑清醒，体力大增。这也许是潮湿的空气中氧含量增高了的缘故吧。

　　在滂沱大雨中高速骑行了一个多小时后，我们落汤鸡一般到达了黄河源头重镇——玛多。

　　下车时，我身体摇摇晃晃，有点站立不稳，麻木的双手几乎扶不稳单车。

　　冰如赶紧跑前跑后地为我们端来温水。麻木的双手在温水中浸泡了很久才恢复知觉。这一天，驾车的赵师傅因为衣着单薄受凉而感冒发烧了。

第三章　玉树，玉树

If you reject the food, ignore the customs, fear the religion and avoid the people, you might better stay at home.

——James Michener

01 废墟上的希望

临近玉树结古镇，国道上出现一座宏伟的门楼，正上方悬挂着一具巨大的牦牛头骨，迎接着远道而来的客人。

玉树地处青藏高原腹地，历史上曾是出入西藏的交通要道，著名的唐蕃古道即穿过此地。玉树的名称，源自藏族著名的长篇吟唱英雄史诗《格萨尔王传》。藏语中，"玉树"意为"王朝遗址"或"部落遗风"，即是指格萨尔王创立的岭王国。

结古镇是玉树州政府所在地。"结古"是"族众兴旺"和"物资集散地"的意思。634年，统一青藏高原的松赞干布遣使入唐，首开唐蕃古道。之后的二百多年间，唐蕃古道成了连接青藏高原和中原内地的一条"天路"。

唐蕃古道起于唐朝都城长安，西行经甘肃临津关、凤林关过黄河，到青海西宁，向西翻越日月山，过海南草原、温泉，渡黄河、长江上游进入玉树地区。从玉树向西南，越过当拉山口进入藏北草原，最终经那曲抵达吐蕃都城逻些（今拉萨），全长3000多公里。

因为历史和地理的原因，玉树是整个藏地佛教最传统、也最兴盛的地区之一，甚至保留着比西藏的许多其他地方更纯正的宗教体系。

我站在山冈上，举目远望，只见废墟中密密麻麻的建筑拥挤在远处的山谷间。

我们在玉树的志愿者玉燹大哥的带领下过通天河进入结古镇。

一年前的玉树地震震中就在这里。地震造成的破坏到处可见，破碎的瓦砾、坍塌的房屋、倾倒的墙壁一堆堆，一座座，看着还是让人触目惊心、不寒而栗。

除了随处可见的建筑工地，满目可看的就是一顶顶或新或旧的救灾帐篷。这一顶顶的帐篷散落在工地里、居民区里、草地上、马路边。这一顶顶的帐篷寄托着全国人民的希望，也寄托着玉树的美好未来。

地震发生之后，中央政府要求用三年完成玉树的灾后重建任务。这里百业待兴，一派繁忙。来自全国各地的援建单位分布在镇上大大小小的工地上。机器轰鸣、车轮滚滚、马达声声，高耸的吊车塔楼随处可见。房倒人不倒，屋垮志不垮，昔日偏远的藏区小镇已成为全国人民关注的焦点。

隆宝镇中心寄宿小学的校长罗松扎西和另外两个老师在结古镇上和我们会合。在这里我们没有停留，坐上校长开来的皮卡车便马不停蹄地向学校驶去。

驶离结古镇颇费了一些周折。这里街窄人多，拥挤不堪。短时间内，拥挤的大工地上会集了大量来自全国各地的建筑工人和技术人员。道路两侧到处是挤在一起的杂货店、小饭馆、理发店、浴室……为众多援建的工人提供着便利。街道上跑着繁忙的运输车辆，人群夹杂在车流中，来来往往，混乱无序。

从结古镇到达隆宝镇所在的结龙乡，公路行程是70多公里，驱车要2个小时左右。

高原的天气变幻莫测。刚才还是艳阳天，一会儿就乌云密布，暴雨倾盆而下。我坐在副驾驶的位子上，透过挡风玻璃上模糊的视野，看到

了旷野上空电闪雷鸣，天庭发怒的狰狞模样。

　　中途路过一处佛学院。听校长说，一位商人投资两个亿建设的佛学院由于地震的缘故中途停工，让人叹息。沿途时常能看到路边耸立的有关灾后重建的牌子，它们的存在显示着祖国人民对玉树灾区的深情厚爱和无限关怀。

02 初入隆宝镇

　　静静的山谷，炊烟缭绕，一排排板房散落在隆宝镇的空地上。雨后的空气裹挟着高原特有的草原气息，清新宜人，沁人心脾。远处轮廓鲜明而伟岸的群山就在眼前。这里就是我们即将开始支教的玉树隆宝镇中心寄宿小学的所在地。

　　震后的灾区在各级政府和民间团体的援建下相继建起了定居点、学校和医疗站。大片的草地因临时安置的板房、帐篷而遭到了一定程度的

破坏，草甸上许多裸露的地面也被碎石所覆盖。我们"为爱远征"团队经过多日的骑行和舟车劳顿，终于在狂风大雨过后的傍晚来到了目的地。

小学坐落于一处空旷的临时安置点，没有围墙，在原本是校门的位置上耸立着一面国旗。临时板房和帐篷组成的校舍静静地耸立在山谷中，四周被正在重建的藏式民居包围，犹如在母亲怀抱中熟睡的婴儿一般安详、宁静。

几名热情而害羞的藏族学生在老师的指挥下将我们的行李——搬入宿舍。为了驱赶夜晚的寒冷，校长特意安排老师在我们到来之前生起了火炉。这里满目疮痍，却处处充满了温情。

我们赶到小学时，正逢周末，大部分老师和学生都已回家，校园里只有个别留守的老师。我们的任务就是尽快地适应、熟悉这里的环境。队长莫柳协助教导主任安排我们支教老师的授课班级，并了解教学进度。我们每个人都踌躇满志，期待着与藏区孩子的第一次亲密接触。

黑夜降临，夜色弥漫整个山谷，白天轰鸣的机器已经停息，四周除了几声犬吠，再无其他声音。灾后居民所需的电力大部分还没有恢复，一些板房、帐篷内透出微弱的光亮，那是点燃的煤油灯和蜡烛。小学内的电力靠柴油发电机提供，电压不稳。房间内微弱的灯光在黑夜中显得羸弱无力，迅速被黑夜吞噬。即使是这样，电力也只能维持到晚上十一点，然后由专人负责关停。

站在寂静的夜色中，呼吸着清新的空气，仰望夜空中的点点星辰，我有一种穿越时空的感觉。这里没有噪音污染，也没有光电污染，一切都是原生态的。

远离喧嚣的城市，这里很容易让心灵安静下来。我突然感觉，这次玉树之行似乎就是一种修行。在这里，我们可以让浮躁的内心安静下来，可以抛开往日里琐碎的杂念，让无处安放的灵魂找到归宿。

03 天堂的美景不过如此

我希望你拥有这种在文明国家已成绝响的欢乐。当文明人在无尽地追求贪欲和野心时，藏族人在与世隔绝的荒野上安享和平与喜乐，除了人类的本能以外，别无他求。

——乔治·波格尔

我曾经以为在青藏高原上居住一些时日是一件可望而不可即的事情，如今梦想却已真切地照进了我的现实。

雨后的几天时间里，天高云淡，天气晴朗，微风轻拂，空气清新，温度适宜，加上周遭景色宜人，我们幸福得像花儿一样。

晚饭后，夕阳的余晖尚未散去。离天黑尚早，这段时光最为美好。望着不远处绿茵茵的山坡，我约上两位队友向山坡进发。

越过几处高高低低的建筑材料、垃圾堆和忙碌的施工现场，翻过用草皮堆建的低矮围墙，我们来到了空旷的草地上。齐脚深的草甸踩上去软软的，很舒服。我放慢脚步，享受着鞋底来自草地的摩挲感觉。

草甸之上，牦牛在悠闲地啃着草，长长的皮毛耷拉在肥大的身躯两侧。一条小溪在草甸中逶迤流淌，水不深，清清亮亮，这是隆宝镇的血脉。

我们循着溪水而行，在若有若无的流淌声中，感受着我们的脚步声和低沉的喘息声。

雨过初霁的高原，空气清新稀薄。草地上不时有小老鼠爬出洞口，探着脑袋，警惕地看着我们，然后迅速窜入另一个鼠洞，不见踪影。辽阔的草原，绿色中泛着浅黄，一片寂静。

在一个狭窄处跨过清澈的小溪，我们继续向上走去。高原上不知名的野花到处可见，深深浅浅地散布在草丛中，五彩夺目。远处的山坡上散落着一两处游牧民的帐篷，篱笆墙围成了一个院落。白色的绵羊和黑色的牦牛在山顶上缓慢地移动、慢悠悠地吃着草。这里是牧民们放牧的草场，他们应该是在春季时节从其他的地方转场而来的。

我们爬到半山腰，喘着粗气，在几块碎石边席地而坐，默默地望向隆宝镇的方向。满山的野花因牛羊粪的滋养开得格外鲜艳，蔚蓝的天空中漂浮着薄薄的云彩。从山坡往下望，整个重建后的隆宝镇被笼罩在巨大山体的背影下，显得格外庄严沉静。

高大的山体阻挡了阳光的照射，将大片的阴影投射到对面的山坡上和山谷之中，明暗交错，泾渭分明。

草甸随着大地绵延起伏，像少女妙曼的身躯。我从未见过这么美丽的原野风光，所有语言此时都难以描绘眼前的这片美景。坐在蓝天白云下，眼望草原，我想，再没有什么事情能让我如此心潮澎湃。

我们坐在草地上，默不作声，远眺前方。在辽阔的草原上，在群山之间，村镇都显得如此渺小。我们三人呆坐着，多想让美景定格，让时光凝固。

坐在山坡上，我有种居高临下看世界的感觉。走在荒芜的原野上，看黄昏日落，风吹草低之间，这正是我梦寐以求的场景。身处世外桃源般的景色中，我表面平静，但内心的思绪早已激荡澎湃。

身处大自然之中，无论贫富，我们都渺如尘埃。在这个近似天堂的地方，我们来自于另一种完全不同的生活。在那里，许多人活在自己的内心世界里，沉醉在"自我感觉良好"的状态中，或处在"生不逢时"

的抱怨中。我们忙忙碌碌，与不同的人打交道，说着言不由衷的话，有时甚至不得不出卖灵魂来换取生存的资本。

在那种生活中的我们，尽管衣食无忧，内心却敏感脆弱；虽然物质优厚，却很少感到快乐。

我在想，如果不是远行，怎能有机会去阅尽远方的每一片陌生土地，去切身体验别样的年华。当我们蜷缩在都市的某个角落，为自己尚不可知的未来打拼时，总有远方的陌生人在简单并快乐地活着。

简单地活着，快乐地活着才是幸福的状态。可惜，我们很多人都只会苦苦追求，寻寻觅觅，却活得并不快乐。

暮色四起，寒气逼人，我心却如同放空一般轻松愉悦。

04 爱唱歌的民族

像玉树这样海拔的高原地区，无论早晚，都很冷。阴天冷，晴天也冷，雨雪天就更不用说了。校长担心我们受不了这般寒冷，早早地为我们准备好了被褥和军大衣。躺在厚厚的舒服被窝里，干净松软，身体暖和，就连心也是热乎乎的。

在这里，气候冷，但人心不冷；在这里，物资缺，但爱心不缺。

周五是隆宝小学的周末，只上半天的课，为的是让许多远道的学生可以提前回家。今天到校上学的学生主要是部分寄宿生和家住附近的学生。

太阳还没有升起，晨雾飘散在隆宝镇的上空，空气中有股清新湿润

的味道，目之所及，街道、房屋都有一种与白昼不同的梦幻般的感觉。远山上的寺庙就在这薄雾之中，好像还未从睡梦中醒来。

早晨的阳光渐渐从群山之后照射进来，给安静的校园带来了暖意，也带来了勃勃生机。

清晨，校园慢慢热闹起来，马达声渐渐传来，这是家长骑摩托车接送孩子的声音。更多的家住附近的学生背着大书包

陆续步行来到学校。身边走过的藏族学生不时好奇地看着我们这些新来的陌生面孔，胆怯地打量着我们。一些胆大的学生则害羞地向我们问好。

九点之前是各个班级自主安排的早读时间。早到的学生三三两两地聚在板房四周手拿书本大声地早读。

我和卓玛主任站在校道口，看着陆续赶来的孩子们。这里的孩子们穿着"中国知网"捐赠的校服，背着书包、踩着露水、披着晨光而来。卓玛主任介绍说，不住校的孩子都住在镇子附近，只有路远的孩子才安排在学校住宿，食宿全免，不住宿的孩子每月可以得到生活补助。这里冬季寒冷漫长，夏季短暂，因此也就没有暑假。

每年的五六月份是当地挖虫草的季节。学校通常会放一段时间的虫草假，鼓励孩子参与挖虫草，帮衬家庭的生活开支。

虫草可以入药，价格昂贵，堪比黄金，其中最名贵的就是青藏高原产的冬虫夏草。

"卓玛主任，你是怎么想到要在这里当老师的？"我对卓玛老师很好奇，就问道。

"我以前不是老师，而在法院工作。后来学校缺老师，我们就有一批人被调到学校来了。"

"噢，当老师是不是比以前的工作辛苦？"

"现在习惯了，挺喜欢的。如果连我们藏民自己都不愿意当老师，那我们藏族的孩子就真的没有希望了。这里还有几个老师是从其他学校调过来的。去年地震，州上的学校毁坏严重就分散到了其他地方，老师也相应地调剂过去了。"

卓玛主任一边和我聊天，一边和学生们打招呼。

九点过后，上课时间到了，喧嚣声渐渐消失在板房教室里。这里的一切因陋就简，每天轮流由一名老师负责吹哨，代替上课、下课的铃声。

学校是在中国红十字会和香港红十字总会的捐助下临时搭建的。为

了避免闪电雷击，每个板房的前后都竖着一根避雷针。新的校舍已经建好，正在等待验收，新学期即可使用。

藏区小学的教学进度远远落后于内地。上午的课程安排，除了语文、数学外，还有一节课是藏数，我们都无法胜任。从三年级开始，除了藏数之外，其他课程都用普通话授课。为了便于交流，我们被安排在三、四、五年级授课。

几天之后，我们的队员们都投入了极大的热情，陆续地开展教学工作。

这里的孩子都没有午睡的习惯，午饭后很少有学生躲进宿舍躺在床上睡午觉，他们三五成群地出现在教室里、校园的角落里或者旁边的牧场草地上。课余时间大多数同学都是与相熟的几个同学一起玩耍。几个调皮的学生会围拢在一起，躲在一个背风的角落里玩我小时候常常玩的"摔元宝"的游戏。只是我小时候用作业纸折成的"元宝"如今已经被花花绿绿的卡片纸所代替，但同样玩得畅快。

相比之下，女同学就要文静一些。三三两两聚在一起，不知道在说些什么小秘密。她们也玩一些常见的"跳皮筋"、"踢毽子"之类的游戏。队友雅楠、嘉琪就凭着亲和的模样，很快和孩子们打成了一片。

地面上，有一条水管穿过，是重建的工地从远处引入的。长长的水管因连接处密封不紧，向外喷射出一条条优美的弧线。下课后，孩子们就聚在漏水的水管边，跳过来蹦过去，打打闹闹，兴致勃勃，居然玩得兴高采烈。

我们有几个队员也放弃午睡的时间和所在班级的藏族小同学一起玩耍。我们最感兴趣的就是藏族的歌舞，队友们总是不失时机地利用各种课余时间要求孩子们给我们表演民族歌舞。在课间短短的十分钟里，孩子们唱起歌来，完全不再是课堂上的腼腆少年，歌声高亢纯粹，有极强的穿透力。

在这里，孩子们拥有稀薄而洁净的空气，拥有湛蓝的苍穹和广袤的大地。孩子们红得发紫的脸庞，是日光亲吻留下的痕迹。大自然赋予了他们最嘹亮的歌喉和最淳朴的笑容。

"到了山顶要唱歌，山上所有的生命都很高兴听你的歌声；到了河边也要唱歌，水里所有的生命都很高兴听你的歌声。"这是藏族代代相传的一句话。在朋友相聚的时候更要唱，让所有的人因你的歌声而高兴。当然，祭祀神灵的时候也要唱，因为他们相信歌声自古以来就是取悦众神的最好办法。

05 心跳的感觉

我们到来时，学校正进入期末阶段。但是，语文、数学还是有一些教学内容没有完成，教学进度与难度都远远落后于我国东部地区。

我们每个人的授课任务并不繁重。上午的课程是语文和数学，教授这两门课的队友很早就会进入教室，督促同学们早读。下午的课程主要是音乐、美术和体育。

我的体育课都是安排在下午进行，因而上午并没有太多事情要做。

下午的体育课，由我来传授自编的武术操。校长希望在短暂的日子里教会学生们一套武术操。

我提前来到教室，协助班主任将藏族孩子们带到板房前面的一块空地上，因为这里是进进出出的路口，相对空旷一些。由于没有专门的运动场，只能随机应变。

草皮稀稀拉拉，高低不平，我也只能省去基本的热身运动。

看到是新老师上体育课，同学们情绪高涨，兴奋得有点过头，常常是刚安顿好了后排的同学，前排的同学就又散了队形。等手忙脚乱地将队形排好，我已经有点气喘。

我绷起了脸，声音提高，希望在严厉的口令下能够让他们安静下来，收敛一些。

我努力做到气定神闲，一招一式慢慢地先演示一遍，怎奈海拔太高，没等我演练完，就已经呼吸急促，气喘吁吁了。

这里的学生很显然没有接触过武术，尽管我从最简单的动作入手，反反复复地示范领做，但还是有些同学出错。由于语言交流起来非常吃力，我只能一遍一遍地不断重复示范。

我感觉这是我从教

生涯中最艰辛的一次授课。时间在这个时候变得好慢，我从未比此时更渴望听到下课的哨声响起。

我浑身松软无力，却又必须尽量做到"精气神"到位。每一次出拳、踢腿，我都感觉心脏在"咚咚"地乱跳，呼之欲出。

让人欣慰的是，同学们学习得还算卖力，一招一式认认真真。看到时机成熟，我便赶紧让他们自由练习，我好抽空喘息片刻。我抓住每一次停顿的机会，大口大口地呼吸。这个时候，能够酣畅地呼吸都是一种奢求。

下课时，我大脑缺氧，两腿发软，感觉远处的大山在眼前晃荡。此刻，我最想做的事就是赶紧坐下来喘口气，甚至直接躺倒在草地上。

等第三节课下课后，我终于长出一口气，瘫软地坐了下来。

06 走进孩子们的内心世界

宁静的高原小镇，远离现代文明，看上去一切都是那么自然和安详。这里很少能够受到外界的冲击或打扰，人们显得特别祥和、安逸，也很热心、善良。

下午，莫柳跟随四（2）班的班主任尕玛文江老师站上了讲台。莫柳要将上一届的老队员泽雄交给她的照片分发给每个孩子，这是去年他们在离开时给每个班级的孩子们拍的照片和大合照。

"曾经的三（2）班的孩子们，你们好吗？……你们要好好学习，听尕玛老师的话哦。想念你们的泽雄。"

莫柳读完这段话，没有任何预兆，讲台下开始有女生伏在桌面抽咽。莫柳站在讲台上不知所措，尕玛老师走下讲台开始给每个孩子分发照片。

当周：

一年不见了，你是否比过去更加可爱了？你生在一个很好的家庭，有一个很好的姐姐，所以你要好好读书哦！不然以后老师写信给你，你也看不懂啦！

记得要听尕玛老师的话，考个好成绩，老师在广东等你哦！

祝你学业进步！

想念你的泽雄老师

2011 年 6 月 8 日

手里拿着照片，越来越多的女生开始大哭，而男生也一堆一堆地躲在教室的角落里抹眼睛。莫柳没有经历过这种场面，越发不知所措，只能走来走去不断地重复抚摸他们的背，擦掉他们的眼泪，反复地说："别哭了，泽雄老师知道该不开心了。"

尕玛文江老师说，他记得去年泽雄说会把这些照片寄过来，于是就一天一天地等，一月一月地等，那些孩子也常问为什么还没有收到泽雄老师的照片。他们带着希望期待了一年，等待了一年，终于等来了泽雄的音信，终于等到了泽雄的承诺兑现。他们那时候的哭，不止是因为怀念，还有许多复杂的原因，或许是内心里装了太多的委屈。

我想，此时，莫柳内心里一定在狠狠地骂着：泽雄，你个大混蛋。

下课之后，其他班级的孩子们围着莫柳不住地问："郑贵添老师呢？小马老师呢？胡鹏老师呢？小云老师呢？王成老师呢？"这些迫切、期待的眼神仿佛期待着莫柳说：他们就在那边呀。可是，看着一双双期待的眼睛，莫柳无法给他们许下任何承诺，只能抱歉地笑了笑，掐掐他们的小脸，说："快去读书吧，要努力学习。"

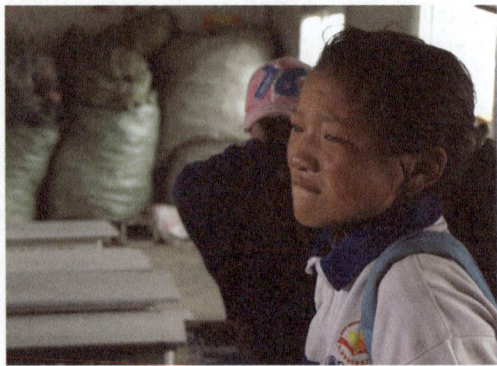

每一个孩子心里都有一个自己的世界，他们小心翼翼地将这个属于自己的世界围了起来。曾经一起度过的欢乐时光都种在了孩子们的心里，许下的诺言也都种在了孩子们的心里。他们是孩子，但是他们的世界也不是可以让我们随便走进的。我们强行冲破他们心里的那道玻璃门，他们委屈，他们难过，他们心碎，他们号啕大哭。

走进孩子们的心中，让他们接纳我们、信任我们，并留存这份信任，是我们应该努力做到的。

07 藏区的教育

淅淅沥沥的小雨一直在下，空气阴冷潮湿。我端坐在教室的后排座位上，聆听队友的语文课。我安静地坐着，观察教室内听课的藏族小同学。一张张小脸因为没有洗净而灰垢满面，脸颊上的高原红因寒冷而变成了黑紫色，衣服因长时间没有清洗而污渍斑斑。

每个班级大概只有40人，因而教室的后部还留有较大的空间，几乎每个班级的角落里都有醒目的巨大编织袋，里面装满了一个学期以来各种可以回收利用的瓶瓶罐罐。这是他们积少成多积攒起来的"战利品"，等着卖完废品换回一些班级经费。

我们这群新面孔、新老师给藏族孩子们带来了新鲜感。我坐在后面立刻引起了个别调皮孩子的关注与青睐。几个大胆调皮的孩子还时不时地瞅准机会转头往回看，当我们四目相对时，他们便立刻转回头去，露出雪白的牙齿，脸上满是羞涩和满意的笑容。此时的他们正处在生性好动的年龄，顽皮是每个孩童的天性。

每个班级都会有几个年龄较大的大孩子。这些大孩子的年纪早就可以上初中了，但这里辍学的情况时有发生，而辍学几年之后再返回校园就只能留在原来的年级。

因此，在每个高年级的班级里都会有一些大孩子坐在一群流着鼻涕、满脸幼稚的小孩子中，特别显眼。适龄的孩子则普遍营养不良，身材发育缓慢。

之前，这里的孩子六七岁时，已经成为家里的主要劳动力，需要捡牛粪、放羊放牛、挖虫草、挑水。等到了十来岁，家庭条件还行的，报名在学校读书，或者送去当和尚。十六岁左右（正读四五年级的时候），遇上合适的对象，结婚，退学。超过十六岁没有结婚，则等到小学毕业上初中。初中毕业后，家庭支撑得起就继续读书，否则，他们小小年纪就要开始进入社会，外出打工。

在我看来，这完全是另外一个陌生世界的生活。

看着那些坐在书桌后矮小的身影，我内心不停地叹息。

板房教室内没有照明设备，住校的学生也没有早晚自修。学生好像都没有太多的学习压力，家庭作业也不多。学生的自习时间主要集中在下午和早晨上课前的那段时间。

这里草原宽广辽阔，山高路远。早期一些游牧的藏民家庭对孩子读书抱有一定的抵触心理。牧民家里牦牛多，需要有人看守，许多牧民认为孩子也是一个离不开的劳动力。因此许多牧民即使把孩子送到学校，但过一段时间还是以各种借口让他们辍学回家。

在这里，学校承担着普及义务教育的重任。但是由于藏区的游牧生活，使一些达到入学年龄的适龄儿童没能进入校园。因此，不让每一个适龄儿童失学，就成了藏区学校的重要任务之一。

现在的情况有所好转。随着对教育的重视及牧民对教育的认识，失学儿童减少了很多。每年的新学期，学校都会安排老师挨家挨户地走访，确保每一个适龄儿童都能走入校园，接受义务教育。

寒意阵阵袭来，我的身躯在单薄的外套内不由自主地开始颤抖。这里的高原是没有夏季的，赶上下雨天，寒意更明显了。这里的孩子衣着单薄，我很难想象，正处在生长发育阶段的藏族少年如何抵挡这里的寒冬。

这里食宿全免，离家较远的孩子住校，小小年纪就得一个人在学校自己照顾自己，想想就让人心酸。他们几乎没有个人用品，也没有换洗的衣服，没有脸盆，更没有洗漱用品。

校舍旁边另一处门前悬挂国旗的板房是镇上的医务所，是临时安置在这里的。小小的房间内摆放着常见的药品，简陋的条件也只能解决简单的疾病，令人欣慰的是学生看病同样是免费的。

生活如此艰苦，藏族学生的个人卫生便可想而知。我们常常看到个子矮小的低年级同学鼻孔下整天挂着长长的鼻涕，清理完不久又恢复原样。这是寒冷的结果啊！

趁着课间，我回到宿舍，穿上军大衣，在接连几个清脆的喷嚏之后，赶紧喝下许多热水，总算压制住了感冒的侵袭。

08 燕大侠的苦恼

这里虽然生活艰苦、自然条件恶劣，但人们善良淳朴，人与人之间坦诚相待，人与自然和谐共处。这里是离天堂最近的地方，天空干净明朗。人们心怀信仰，敬畏自然。这里的孩子生活单一，没有物质社会里的花花绿绿诱惑人的东西，他们单纯而善良，贫穷并快乐着。

久居尔虞我诈的现代文明社会中的我们来到这里，面对满脸污垢但内心纯洁的藏族小学生，究竟是我们帮助他们重建家园，还是他们帮助我们在寻找自己的心灵家园？

我常常感慨，我和队友们以短暂的时光来体验别样的年华，强行闯入别人的世界，其实打扰了孩子们的学习生活。在这么短的时间内，我们所能传授的知识几乎微乎其微。无论从衣着、外貌、宗教取向还是所使用的语言等种种方面，我们都无法与这里的藏族老师相比，他们更具有亲和力，孩子们对他们也更有认同感，而我们给孩子们带来的或许只是一点新鲜感。

也许通过努力，我们换回了孩子们的喜欢与信任，走进了他们的内心世界，但是若干天之后，当我们离开这里，孩子们终究会意识到我们与他们将从此不再相见，我们与他们终究不是生活在一个世界。他们接纳了我们，却又要面临失去我们。孩子们内心受到的伤害，我们很难避免与挽救。

这样的问题同样困扰着罗燕。

"赵老师，你过去安慰一下罗燕吧。她这两天身体不舒服，心情不大好。"一天下午，嘉琪找到我，说队友罗燕心事重重，想让我过去开导开导。

"燕大侠，听说你凤体欠安，我过来给你请安来了！"我开着玩笑对躺在床上的罗燕说道。

罗燕紧紧地将身体裹在棉被里，只露出一张苍白的脸在外面。看来，她的身体状况确实不太乐观。

罗燕伸出一只手，揉揉微微肿胀的双眼，看了看我，突然说出一个严肃的话题："赵老师，你说，我们来到这里能帮到他们什么？"

我暗暗吃惊，没有想到罗燕居然会提出这么深奥的问题。

是啊，我也想找到答案啊！

"你看，我们带来了这么多物品，还有图书。我们来这里上课，帮老师分担教学任务。一起和小朋友玩，接触不一样的东西啊！"我尽力劝导她。

"这里好像不缺老师。我感觉，我们帮不上什么忙，他们也不需要我们。"

地震发生后，结古镇上的学校破坏严重，一些校舍无法使用，当地教育局就将几个学校重新进行组合，一些老师也被重新安排，分散在其他学校中任教，隆宝镇小学就有几个老师是从结古镇上的学校转过来的。因此就目前来说，这里的师资还是很充足的。

"你不能这么想啊。这里也许不缺老师，但我们来这里，帮老师们分担了教学压力，给小孩子们带来了不一样的感觉。也许这就吸引到他们，激发他们的学习兴趣了。还有，我们也感受到了艰苦地区的教育情况，了解了藏区的教育。这些都是很大的收获啊！你不是也要当小学老师嘛，先熟悉一下小孩子的心理，对你以后也是很有帮助的呀！"

燕大侠默不作声，我的话不知道她听进去了没有。我想这些道理她肯定想过，现在可能因为感冒，所以开始胡思乱想。女孩子的情绪波动大也很正常，或许过两天就好了。

09 他们生活在另一个高度

队长莫柳是第二次来到这里，她曾经接手的三（7）班现在已经变成了四（7）班。令她开心的是，一见面，孩子们就大声地喊着"莫柳老师"。

对她来说，隆宝镇的变化还是挺大的，有喜也有忧。欣慰的是，这里的孩子们已经穿上了新校服，也全都拥有了新书包。老师们的住宿不再是之前的帐篷，而是变成了板房，被褥都不缺，房间内不再阴暗、潮湿，还通了电。只是电压不稳，晚上还定时停电。

由于震后安置临时住房，学校附近大片大片的草甸被占用，草皮被铲掉，建筑材料和垃圾到处可见，乱糟糟的。不远处草原上流过的小溪水也变浅了，现在洗衣服都很勉强。

我们所在的隆宝镇中心寄宿小学条件艰苦，但还有比中心小学更艰苦的村级小学。

一个晴朗的下午，罗松扎西校长开车带上莫柳、冰如和张翔三位队友去考察附近的一个村小。

所去的村庄叫措多村。村小的负责老师名字叫恩新，已经五十多岁了。这个男人在高原的紫外线下守护着山崖风口处的村小已经八年了，他用自己的双手与一片真心守护着那里的两百多个村娃们。

村小一共有四个年级五个班，却只有两个编制内的老师，一个特岗老师，还有两个代课老师，恩新老师一个人就得带五个班的课。

下雨天，寄宿学生住的帐篷漏水不止，恩新老师就和帐篷宿舍里面的娃们一起拿脸盆清理帐篷里面的积水。有一次山口的大风刮来，帐篷教室被刮起，他和其他老师一起紧紧拽着帐篷，被狂风带起升到了两米高的空中。

为了让孩子们住进不受风吹雨打的板房，罗松扎西校长和恩新老师四处奔波。建板房的地基已打好，但上级领导得知后却一拍桌子，大吼一声"破坏环境不准建。"

高原上一个小小校园能占多大地方？而且地基都打了，还能怎么破坏环境？

就这样，恩新老师和一帮孩子们只能守在下雨漏水、刮风漏风的帐篷内，托起高原上空的希望。

恩新老师沉默寡言，是县优秀教师，特级教师，却至今未婚。他宁肯守着山沟沟里的村小，也不愿去条件稍好一点的中心小学，更不愿去州上的学校。

在世界上的某个角落里，真的存在这样默默无闻但伟大的人。

晚上在女生宿舍，莫柳传达了措多村小和恩新老师的情况。看着相机里的照片，我胸口感觉丝丝疼痛。

第四章　回归简朴生活

There are no foreign lands. It is the traveler only who is foreigner.
——Robert Louis Stevenson

01 生活中的两大难题

来到隆宝镇，我们受到了学校领导和老师的热情款待。在这么艰苦的生存环境下，他们给我们提供温暖的住处，让准备好吃苦耐劳的我们倍感意外。

由于是临时安置的校舍，这里没有任何的围墙，一边是加班加点赶工期的重建工地，另一边是辽阔的草原和起伏的山丘。没有围墙的校园，任何人都可以进进出出，包括那些悠闲啃草的牦牛和随意溜达的土狗。看着地上还冒着热气的新鲜牛粪，我感觉这里完全做到了人与自然的和谐共处。

来这里支教，如厕与用水是我们面临的两大难题。

学校的角落只有两个简陋得不能再简陋的厕所，一个女用，另一个男用，分别用汉、藏两种文字显著标明。每个厕所可同时容纳两三人使用。说其简陋，是因为厕所由四块木板围着，下挖大坑，铺上木条块而成，既不能挡风，又不能遮雨。

两个厕所相隔10米左右，人站立时可相互瞭望。如厕时，必须侧身入内，里面的场面不堪入目。只能睥睨着踩在横架着的木板上，以免踏空弄脏了双脚。

每次如厕我都小心翼翼，要先检查一下身上的衣兜里是否有手机、钱包、相机之类的东西，确保万无一失才敢迈步如厕。否则一不小心，这些东西掉进下面的粪池就不堪设想了。

八百多人的一个学校只有这么两个厕所，还要和周围的建筑工人共用，其使用率可想而知。每天清晨，起床之后，厕所外都可以看到徘徊着的人影在等候。

课间时分，厕所不够用，老师就只能让男孩子站在草地边随意地撒尿。因为缺水，这里只能是旱厕，其味儿不言而喻。

由于厕所没有顶，无论烈日当头还是倾盆大雨都需要用雨伞来防护。厕所在校园的角落，离宿舍较远，且环境恶劣，因此我们都尽量减少单独去"冲浪"的次数。

其实，除了这个固定的场所之外，还有随机的如厕场所——那就是宿舍周边堆放建筑垃圾的场所。当然，这种情况多出现在月黑风高的夜晚，尤以雨夜为佳。

　　小住几日之后，队友们已能游刃有余地利用随机场所如厕。女队友甚至创造出相互掩护的战术，屡试不爽。当然，任何时候都会有意外发生。听说，一天夜晚有两个女队友想趁夜色的包围继续利用掩护战术就地解决，关键之时，远处有个黑影闪动，朝"冲浪"处走来。两位女生顿时花容失色，落荒而逃。

　　其实，我们都很怀念骑行阶段那种天高地阔的天然"冲浪"场所。

　　生活当中的另一个难题是用水问题。

　　因为缺水，学校给我们男、女宿舍各配备了一个大大的水桶。每隔几日，工地上的专人会开一辆四轮小车拉来水补充一次，这个时候大小水桶一齐上阵。如果等不到水车，我们就只能到附近去寻找水源。

　　我们知道，所用之水来之不易，因而把刷牙、洗脸的频率降低到极点。洗脚是奢侈，洗澡更是奢望，衣服的更换频率也几乎到了每个人的极限。洗衣一般都是三五人结伴到不远处草地上的小溪里进行。

　　即使已经这样节约用水，但每当看到满脸污垢，穿着不知多少天没有洗的衣服的藏族学生，我还是会因过量用水而感到内疚万分。

　　生活的成本其实很低，衣、食、住、行因人的欲望而烦琐、奢华。欲望的膨胀造成了对物质追求的攀升，其后果就是对大自然的破坏和对资源的无限开发与浪费。

　　玉树是三江之源，水土流失、环境破坏已相当严重。我们来到这里，时不时会被头疼、气短所折磨，被心跳急促、胸口发慌所警告，这是时刻提醒我们要对大自然心怀敬畏。

02 最朴素的生活

面对艰苦的自然和生活条件，队友们来之前都做好了思想准备。来到这里，最大的感受就是冷。盛夏的七八月份，在东部地区正是酷暑之时，这里却已有了深秋的凉意，下雨天冷的时候更有入冬的寒意。

我们最喜欢做的事就是在傍晚时分坐在高高的山坡上，望着一片新建的房屋密密麻麻地排在山谷中，忽然感觉我们就像一群隐居在高原上的城市过客。这里没有现代都市的灯红酒绿，没有车水马龙的繁华街道和拥挤的人群，没有酒吧、夜市。这里只有辽阔的草原、蓝天白云、淳朴的藏民、可亲的老师们和可爱的孩子们。这里的生活让人觉得轻松、幸福。在这里，可以完全放空自己，远离喧嚣，每天除了上课就没有其他的烦恼，简单却快乐着。

也许这才是纯粹的生活——生下来，活下去，没有其他负累。能够纯粹地活着的人，应该都会觉得幸福吧！

周末学生回家，就连老师们也陆续赶回州上与家人团聚。

屋外，明媚的阳光照在身上懒洋洋的。我们从房间里搬出课桌放在门前的空地上，将被子铺展在上面晒起了被子。在高原上，能有来自阳光温暖的抚慰，是一种莫大的享受。

在这里教授小学课程，各位队友一致表示没有压力。每人基本上都只上半天课，另半天备课和自由安排。晚上活动的内容之一就是开会，每晚的例会无非就是汇报当天的授课情况及"三大纪律、八项注意"之类的琐事。

会议在女生宿舍召开，一般持续一二十分钟，在畅所欲言中结束。会后的时间温馨而热闹。我们严禁夜晚单独外出，因此，宿舍是我们活动的主要场所，总是充满着欢歌笑语。一群生性好动、活泼开朗的青年，谈天说地、畅谈人生与未来。

热闹的宿舍内一派祥和的景象，看书备课、看电影、刷微博、发邮件、写博客，每个人都在忙着。单调枯燥的生活，让我们的夜晚有要寻

找人间烟火的冲动，只有通过电脑，在互联网的世界里，队友们才不会感到与这个时代脱节。

晚上，嘉琪常常拉着黑叔当她的学生，制作美术作品。嘉琪心灵手巧，这次支教她负责教美术。她带来了美术课将用到的许多材料，塑料剪刀、画笔、颜料、调色板、纸张等，一应俱全。看着他们满手的五彩颜料和完成的作品，连我也想练练手艺。

冰如作为文字记录员，做得尽心尽责，每晚负责把队友写的大杂烩发布到博客里。

队友王瑞看上去就没那么轻松了。他本来是一脸的大胡子，但为了顾及教师形象，只得忍痛割爱，要不然非整得像荷西一样。在之前的骑行阶段，他一直照顾着两位女骑手，事无巨细，深受两位女队友的喜爱，因此获得了"大妈"的荣誉称号。

"大妈"刚研究生毕业，出发前办理了暂缓就业的手续。因此，他的一大任务就是有空便上网遍发英雄帖，寻找独具慧眼的伯乐。

在宿舍里，队友们另一个任务便是抓紧时间熟悉自己班级学生的名字。

"咦，你们班也有一个叫拉毛！我们班就有一个。"

藏人的名字一般由四个字组成，有地位的家庭会特地恭请高僧大德为孩子命名，一般人家较慎重的也会请附近寺庙的僧侣为孩子命名。这些名字大都蕴含着一定的意义。常见的和佛教有关的名字有：丹增（执掌圣教）、卓玛（度母）、多杰（金刚）、索南（福德）等。若与佛教无关，便是以寄托期望的吉祥含义为主：达杰（繁荣）、次仁（长寿）、拉姆（仙女）、平措（圆满）、扎西（吉祥）等。还有一些是以自然界万物命名的：尼玛（太阳）、达娃（月亮）、贝玛（莲花）、嘉措（大海）等。

我教体育，因而没有固定的授课班级。这样也好，我最惧怕的就是面对一大堆拗口的人名，几天下来还记不住几个。

我喜欢在月朗星疏的夜晚，独自走出宿舍，将自己陷入氤氲的月色之中。徘徊在寂静的校园里，四周正在重建的房屋影影绰绰，远山的轮廓早已不见踪影。除了草丛中偶尔的几声虫鸣，一切阒静无声。

站在寒意袭来的夜空之下，我贪婪地深呼吸。微风吹来，草原上青草与百花混合的清香飘来，我甚至可以嗅出泥土的芬芳。深沉的夜色和浓浓水汽带来阵阵寒意，我来回走动，间或驻足停下来伸展肢体，活动一下筋骨。

运气好的话，头顶满天繁星，不经意间抬头仰望，会猛然见到一颗流星迅速划过天际，拖着长长的尾巴消失在茫茫夜空中。我怦然心动，感慨生命短暂、宇宙变化无常。

来到这里，生活变得如此简单。

03 苹果的故事

离开常住地，去到陌生的地方生活一段时间，生活上的不便我们都能够克服，只是有几个队友对这里的饮食还没有适应。午餐时，我最钟爱的牦牛肉、羊肉，却成了敏璇的眼中钉。每次，敏璇不厌其烦地将碗中的肉夹到我碗里，我来者不拒。

几位地道的广东人都吃不惯藏地的青稞面片汤，但是在物质匮乏的高原，也只能用它来勉强填一下肚子。

队员在镇上的小卖部里发现的鸡腿、凤爪之类的零食，顺理成章地成了夜晚闲聊时的宵夜。黑叔最积极，为了能够解馋，他常常在镇上的小卖部里买回大把大把的鸡腿和凤爪。用他的话讲，就是"基本上把小卖铺的凤爪都买光了"。几天下来，黑叔的嘴角已经肿了起来。即使这样，仍然阻挡不了他购买的欲望与热情。

高原物质匮乏，加上缺少蔬菜和水果，肠胃不适在所难免。我们也都出现了不同程度的口腔、鼻腔溃疡，我们一致认为这是缺乏维生素的结果。因为在这里几乎没有富含叶绿素的绿色蔬菜，水果也少得出奇，大草原盛产牛羊，但少有蔬菜，所有的瓜果蔬菜都得从遥远的地方长途运输而来。

治疗溃疡的唯一办法就是多吃水果。我们经常在饭后散步到镇上看看是否有水果卖。路边一个临时赈灾帐篷就是一个水果店，价格还很公道，只是水果由于长期存放而不够新鲜。

水果放在一个个纸箱里，卖相都不怎么好，但我们没得选择，因此也不计较水果是否新鲜。

从帐篷里出来一个汉族女孩，我们的一个队友认出，她是小学的一名学生，父母从四川过来做小生意，开了这家水果店，她因此随父母过来，就地上学。腼腆的女孩看到是我们这些支教老师，一边羞涩地低头抿嘴偷笑，一边用电子秤称重。

我们隔三差五就去水果店买水果，渐渐与老板娘熟络了起来。一天再去采购水果，却被告知只剩最后一箱了，并且他们不再打算到州上进货。我们十分诧异，问原因，老板娘无奈地说：这一批许久前从州上进的十箱苹果，存放很久了才遇到我们这些人来买。

男老板还说，之前在州上进了一批水果，包括香蕉，由于没有顾客，那些水果最后腐烂坏掉，赔了一千多块钱。我们听后，神色黯然，我们也知道，小本生意只能养家糊口，过个小日子而已。

04 高原上的舞蹈

来到这里，我们心情舒畅，简直可以用享受来形容。当我们做足吃苦的心理准备和不抱任何期待之时，惊喜却会不断地自动跳出来。

下午，我正在喘着粗气教四年级的同学们学习"武术操"，不远处

的宿舍那里传来了激昂悦耳的藏曲声。

下课后，听藏族老师说，明天有领导来隆宝镇视察灾后重建工作，学校在排练欢迎的节目。宿舍前的空地上，大小、高低、男女不一的学生在更阳老师的指挥下，跳着藏族舞蹈。

藏族人"会说话就会唱歌，会走路就会跳舞"。玉树更是有名的"歌舞之乡"，歌舞成了玉树人生活中重要的部分。有几次，我在校园里就看到几位老师带着低年级的孩子们跳锅庄。

早就听说藏族同胞能歌善舞，现在亲眼看见才知道真是名副其实。尽管学生演员没有穿着华丽的藏族服装，但他们动感的舞姿足以演绎出一段欢快的高原舞蹈。看似轻松的步伐里闪现着他们与生俱来的舞蹈天赋，奔放、夸张的肢体语言呈现出了藏族人民特有的高原豪情。

玉树舞蹈基本以集体舞蹈为主，舞姿舒展大方、张扬欢快，伴有弯腰俯身敬献哈达的肢体动作。在强劲的音乐声中，小朋友们踏着欢快的舞步在老师的带领下时而聚拢、时而散开，双臂随着乐曲有节奏地上下摆动。我知道这是双臂挽着哈达在上下舞动，他们是发自内心地在跳舞，他们随着音乐扭动身体，用肢体语言表达内心的情感。我已经幻想出他们身穿民族服装脖颈上戴着哈达翩翩起舞的景象了。

队友敏璇终于按捺不住跃跃欲试的心情，起身加入舞动的行列。"舞蹈本身的魅力不在舞步，而在跳舞的人散发的热情和快乐。"只要有热情，就能感染别人，它能跨越民族，跨越语言，跨越肤色，让人忘记舞蹈本身。也许这就是舞蹈的真正魅力所在吧。

四周围满了学生，大家都忘记了去吃晚餐。接送孩子回家的家长也聚在旁边，饶有兴趣地观赏着。不经意间，我们观赏到了最纯正的藏族舞蹈。

05 美丽的大脚和小脚

支教生活中，与我们打交道最多的要数教师厨房里专管一日三餐的两位美丽的藏族阿妈了。

两位阿妈，一个高大魁梧，叫卓玛；一个矮小娇柔，叫旦周。两位阿妈家住在镇上，每天不辞辛苦地为我们做饭。

早上只有我们支教队员去吃早餐，每次做好了早餐后，其中一位阿妈总会来到我们的宿舍前，喊我们去吃早餐。有时我们也会提前赶去，在厨房里帮帮忙、打打下手。

教师饭堂在学校最后一排板房的第一个房间，房屋的角落摆放着做饭用的炊具，生火做饭用的液化气是从结古镇运来的。

我们就坐在中间用课桌拼成一长排的餐桌边吃饭。

早餐一般为米粥、馒头配咸菜。一位阿妈负责煮粥，另一位阿妈负责到街上买馒头。

南方来的队友还吃不习惯这里的馒头，只有我和"大妈"王瑞来自河南和湖北，早餐的"战斗力"也最强。剩余的馒头就留在第二天早餐继续吃，每当吃着冰凉僵硬的馒头时，我们都会期盼午餐的到来。

在我们吃早餐时，两位阿妈就在餐桌的另一边开始忙碌中午的饭菜。

午餐多为一荤一素，荤菜肯定少不了正宗的羊肉和高原牦牛肉。

藏人忌吃鸡、鸭等小动物，认为同样一个生命，杀死一头羊或牛可以供几个人进餐，而鸡、鸭、鱼等体型小，只能填饱一个人。因此，藏区肉类以牛、羊肉为主。

午餐时，就餐人数会增加，几位不在饭堂吃早餐的老师也会来这里吃午餐。运气好的话，还可以碰到罗松扎西校长。

由于天冷，热水用得快，每次吃饭时我们会将空水瓶带去，请两位阿妈帮我们烧开水喝，两位阿妈总是笑眯眯地不辞辛苦为我们服务。

出现在晚餐餐桌上的常常是咸菜汤、咸米粥或者面片中的一种。晚餐吃什么，一般要看午餐剩什么。如果午餐只剩米饭而菜一扫而空，那么晚餐就只能是咸米粥。咸菜汤，顾名思义就是由午餐的剩菜演变而来。如若午餐饭菜皆吃光，那么晚餐将会是面片无疑了。

其实，藏区最传统的饮食是糌粑。由于担心我们吃不惯，两位阿妈都还没有亲手给我们调制糌粑吃过。

一天早餐，看到餐桌上又是冰凉的馒头，柱洪和敏璇心血来潮想亲手调制糌粑尝尝味道。

按照藏族阿妈的指示，他们先在碗中放入炒熟磨细的青稞粉，倒入用温水化开的酥油，加入适量食盐，然后一手端着碗，另一手手心朝下用拇指扣住碗的外缘，其余四指沿着碗内缘朝同一方向搅拌，直到均匀捏成团，便制作成了糌粑。

做好之后，柱洪还像模像样地用手抓着吃。我用手捏了一块放入嘴里，一股酥油的味道，还有点咸。

藏族阿妈偶尔也会给我们改善口味和伙食，我们最期待的就是包子。

藏族大妈都是虔诚的佛教徒，眼睛清澈，脸上总是挂着微笑，笑眯眯的，只是沟通起来语言上有些障碍。

有天周末，卓玛阿妈在我们吃完早饭后，用生硬的普通话问我们中午能不能早点做好午饭。因为，镇上要来一位有名望的活佛，她们想早点过去拜见活佛，并希望能够得到活佛的"摸顶"（代表神灵给予的一个祝福）加持。

活佛在藏族人的心目中是很神圣的，既是精神世界的领袖又是世俗生活的智者，他们无所不能。事实上，作为佛的授意者，活佛之所以受到人们的爱戴，不单是因为他们从精神上给人指引光明，在生活上也常常扶危济困，因而深受信徒爱戴。

我们欣然同意，自然希望两位藏族阿妈能够如愿。

06 取水记

女生宿舍已经断水了，但还是没有盼到送水的车过来。这两天，女生洗脸、刷牙都是来我们男生宿舍取水，教师厨房也面临着断水的危险。

莫柳联系灾后援建的北京建工集团送水的工人，他们说下午就送水过来。谁曾想，下午时却被告知运输车上的桶破了，暂时无法送水。我们考虑到厨房断水无疑就是断粮，于是决定去周围找找水源。

为了避免像无头苍蝇那样到处乱撞，队友柱洪先去附近工地考察哪里可以取水。柱洪很快回来禀报说，附近一处民宅工地上有一口水井可以打水，只是井盖上加了锁，而我们语言不通，无法与管水井的藏族老人沟通。

"我们最好带个学生过去，可以和他们讲藏语。"

"就是，就是。要不然没法沟通啊。"

我们倾巢而出，到教室找了一个不睡午觉的同学，让他和我们一同前往。推上学生饭堂白师傅运菜的板车，带上两个大桶，直奔工地而去。

村口插着五色经幡的白色无顶小房屋是供奉域拉的地方，即神垒。域拉管辖着村子上空的天，村子附近的山，山上流下来的水，水边的土地，地上生活着的人、动物和植物。域拉还是一位战神，为了保护自己的领地，他随时都会向入侵的神灵宣战。

自在摇曳的经幡连接着大地与苍穹，连接着凡人与神佛，风雨无惧。经幡，藏语称"隆达"。"隆"是风，"达"是马的意思，所以经幡也称为"风马旗"，表示风是传送经文的一种无形的马。经幡啪啪作响，宛如僧侣诵经，传递着无言的祝福，穿越湿冷的空气，抚慰

了旅人的心。

藏地随处可见供奉在山巅、湖畔、村口的牛头和羊头，随处可见堆垒在路旁或垭口的玛尼石，随处可见插在屋顶或神垒上的风马旗。

我们早已熟悉了忙碌的隆宝镇。

平日里，我们也会偶尔到镇上去转转，看看忙碌的工地，看看新修建的校舍，逛逛杂货铺，买点日用品。有一次，在新校舍旁边的一家杂货店，我掀开门帘，等到适应了屋内昏暗的灯光后，定睛一看，柜台后面站着的居然是一位身披僧衣的年轻喇嘛。在藏地，他们可以像俗人一样做入世之事。

水井位于一处重建工地边上，忙乱的建筑工地灰尘弥漫，碎石泥浆遍地都是。目前隆宝镇就是一个大工地，废墟上到处是轰鸣的马达和忙碌的援建工人。

玉树地震中，镇上的民居无一幸免。这里的建筑主要是一种叫"干打垒"的房子。它由土坯砖堆砌或者由泥土把碎石片一层层粘在一起垒起，然后在屋顶密铺横木和保温的草，再施泥土覆盖而建成。这样的房屋不可能抗震。"干打垒"的建筑只相当于藏民的"冬屋"，也就是在冬天无法去山上放牧时才会居住的地方，不可能成为实际的定居住所。

整个隆宝镇人口八千余人，但居住在这个镇上的只有四百余户两千多人，其他人口散落在四周的牧区。在春夏秋季节的更多时间里，他们的生活主要是在高山牧场及帐篷里度过的。

近年来，一些藏民房屋采用了一种新的建筑材料——空心砖，虽然有所改进，但抗地震的能力也不强。

镇上的工地边到处堆积着白色的泡沫板，这些材料将在新建房屋墙壁上使用，可以保暖，但我想可能更主要是用于抗震。

一台搅拌机轰轰作响，几个工人正在忙碌。工地旁边是临时搭建的帐篷，安置着受灾的藏民。我们来到院落中间，发现井盖已经打开，可能刚才柱洪前来打探时老人明白了他的来意，打开了井盖锁。

这是一口传统的老井，水井很深。一个铁架上固定着一个滑轮，上面绑着一个水桶。将水桶丢下去，装满水后，再将滑轮摇上来就取到水了。

由于都没有亲身经历过这种古老的取水方法，大家热情高涨地轮流上前摇动滑轮。

水很清澈，冰凉刺骨。装好一桶水后，我们就派一班人马推水回去，另一班人马原地继续打水。

"人少好吃饭，人多好干活。"在众人的努力下，我们轻而易举地解决了吃水这一大难题，连带着把教师和学生饭堂的水桶也装满了。

07 幸福的真正源泉

一早起床开门，顿感寒意袭人。张翔从手机的天气预报中了解到，今天的气温只有 3 到 18 摄氏度。

穿上军大衣，我走出房门，惊喜地发现白花花的一层薄雪覆盖在远处的山顶上。想必是昨夜山顶上下雪的缘故吧。

这天是藏民赛马节的第一天，这个节日通常都要持续几天，在一个不远的度假村草场上举行。我们情绪高涨，打听学校是否放假，以便去观看这个盛大的节日。莫柳带来消息说，校长要看这一天上午学生的出勤情况再决定是否放假。

上午队友陆续去上课，空旷的房间只剩下我一个人。多么难得的时光啊！多年的忙碌，很少有如此悠闲的时光，让自己抛开杂念，静下心来，独享这份孤独与安宁。人因思想而复杂而升华，也因思想而忧虑而烦躁。远离喧嚣，独居一处，是许多事业有成，身不由己的成功人士梦想的奢侈要求。

有时想想，我们都不知道自己在追求什么。金钱？幸福？抑或两者兼得？幸福是什么？人生的意义又是什么？是创造财富，是体现价值，是受人尊敬，抑或是其他？每个人

都会有心灵之旅，只是看谁能够尽早找到明晰的答案。

我常常独自陷于沉思。我们总以为，读好书，有文化，社会发达，收入高，我们就很幸福很美满。而偏远的少数民族地区封闭，闭塞，落后，他们就生活在水深火热之中。其实，这只不过是我们这些有着莫名优越感的井底之蛙的臆想罢了。表面上，我们享受着经济发达带来的便利，物质丰厚，活得很滋润。可是我们却是一群没有信仰的人，一具具没有灵魂的肉体。但是藏民不同，他们是虔诚的藏传佛教徒，有着自己的生活方式。他们会一路磕着长头念着佛经向着圣地前进。他们的灵魂有了皈依，他们自在、安宁，无须别人施舍与打扰，就那么自成一体地存在着。

这里的水少，但清澈见底；这里的孩子们身上虽脏，但天真无邪；这里的土坯房屋残缺破旧，但没人破门而入。而我们的都市，楼再高、水泥再硬、防盗网再多，那又如何呢？依然被盗，依然被窃，人心惶惶，彼此猜忌，以致人心离得越来越远。

我们这些活在被称为文明城市里的人，是不是应该反思一下？难道经济的发展必然导致精神的后退吗？

我们总是为物质、地位、面子所负累，忘了问问灵魂累不累。在某些方面，我们还不如他们活得洒脱。

美国学者霍华德·金森曾在1988年和2009年分别对121名最初认为"非常幸福的人"进行了前后两次的幸福感调查。调查结果发现，最初的一些自认为"非常幸福"的成功者最后却感觉并不幸福。调查后他感慨地总结：所有物质支撑的幸福感都不能持久，都会随着物质的离去而离去。只有心灵的淡定宁静，继而产生的身心愉悦，才是幸福的真正源泉。

阳光透过窗户照射过来，在一束束光线里，浮尘游动，灰色的尘埃在光线中上下翻滚，带来阵阵骚动。

工地周边的建筑垃圾随处可见，体积也在逐渐增大。曾经壮美的草原因重建而面目全非，稀疏的草地上散落着重建的碎石，估计清理起来相当困难。等新校区建好投入使用，这个临时的帐篷学校就会被清除，以恢复草原的原貌。

但是，面对目前的重建场面，我不知道这片草原能恢复到什么程度。面对人类的杰作和对自然的破坏，我也只能心生感慨。

面对灾难，我们无处逃避。面对重建，我们做出了选择。只是世代生活在这里的主人——以游牧为生的藏民能否适应新的生活？

必须承认，这是一个浮躁的时代，人们对于成功的定义往往在于财富的多寡以及名声的高低。灾难发生之后，就连表现一种慈善之心也会经过精密的计算，要看能够为自己获得多少回报。就算没有这样的机心，大家很真诚地表达自己的爱心，用捐款、默哀，做志愿者的方式，但是却不愿意，或者懒得去关心更加深层次的矛盾以及尝试寻找解决的方式，大家满足于自己已经的付出，并且被自己的付出所感动。

我读着闾丘露薇《不分东西》上的文字，感慨颇多。

08 洗衣记

下了几天的雨，天气终于有了好转，积攒多日的衣服可以拿出去洗了。

天公似乎与我们作对，远处的云层压得很低。上午天气时晴时阴，间或还落下几滴雨水。高原的天气就是这样，阴晴不定。

午后一觉醒来，天气放晴，温暖的阳光照射下来，浑身暖暖的。

我们相约一起洗衣服，便端着脸盆，趿着拖鞋，脖子上缠着毛巾，邋遢地走出校园。我们穿过一堆堆重建的建筑垃圾、沙石堆，避开帐篷边大黑狗警惕的目光，顺利地来到了草场边。之前在山坡上吃草的牦牛此时都转移到了山脚下的草场，憨态可掬的小牦牛披着毛茸茸的外衣，不紧不慢地跟在牛妈妈的身后。大眼睛双眼皮的牦牛慢悠悠地在草场上

来回踱步，一会儿低头吃草，一会儿抬头四下张望，有时又呆呆地望向远方，完全漠视我们的存在。

天空蓝得如同孩子们用蜡笔涂出的杰作，大朵大朵的白云静静挂在头顶。翠绿的草地随着丘陵的曲线微微起伏，柔软地铺展开来。

此刻，大山、草地、小溪、牦牛，加上蓝天、白云，一幅优美动人的自然风光图展现在我们眼前。

大自然是公平的。它在赋予大草原优美如画的风景时，也赋予了其严寒的恶劣天气。正是大自然的恩赐，养育了乐观向上、粗犷豪迈的高原民族。

清澈的溪水绕弯静静流淌，溪水很浅，沙石凸显。我们各自选好有利地形，卷起衣袖、裤脚，开始洗衣服。

几个学生出现在小溪边，在这里游荡。美丽的草原是他们天然的游乐场，这里是他们世代生存的地方，很多藏民都是在这里平静地度过一生。

队友们都在热火朝天地洗衣服，火生抵挡不住清澈河水的诱惑，索性脱掉上衣，赤裸着排骨般的身躯，痛痛快快地开始洗头，完全忘记了在高原感冒可能引起的后果。

可怜的队友张翔，通身上下的白色衣服，任凭他如何费力地搓洗，都恢复不到洁白无瑕的原本颜色了。

在河边玩累了的学生不知道从哪里找来一小段塑料水管，趴在小溪边用水管吸水喝。在大草原上，他们尽情地玩耍，在草原上练就了健壮的身躯和豪迈的性格。

在如此令人敬畏的自然环境下，他们每天快乐地生活着。因为生命

无常，必须珍惜；因为自然严酷，必须乐观。活在当下，这是高原严酷的现实给予他们的刻骨铭心的教诲。

夕阳西下，余晖洒在静寂的山谷中。袅袅炊烟在帐篷上空升起，远处校园的五星红旗随风飘扬。我们仿佛洗去了一身的铅华，在这朴实的大地上，大步昂首前进。

09 高原上的篮球友谊赛

高原的下午阳光明媚，我们几个男队友正在宿舍门前晒着太阳闲聊，隔壁几个藏族教师在门前的草地上踢起了足球。

下完课，普错老师走过来，告诉我们他们一会儿会去新校园打篮球，并邀请我们一起过去。

新校园在镇子的另一边，驱车也就几分钟。

重建后的校园基本完工，只剩下后期的扫尾工作，等验收完毕，到新学年来临就可以正式使用了。

一座崭新的现代化校园在青山绿水间格外醒目。还没有到达，我们就能远远地看到白色的墙体，红色线条，分外靓丽。

200米的塑胶跑道已经铺好，旁边是两个篮球场地，几个藏民正在打篮球。我惊喜地发现居然有一位身穿僧袍的年轻喇嘛也在其中。我以往一直以为僧人只是在庙堂里坐堂念经，一门心思吃斋念佛，不闻不问窗外事。来到这里才发现，这里的喇嘛还可以经营店铺，担任赛马节的评委，还会打篮球。

篮球场地面上还留有修建时残留下来的小碎石，我们找来扫把清理干净，以免比赛时受伤。

小学老师已经来了四五位，我们这边队友除了我之外，来了王瑞、火生和柱洪。其他几位女队友就当观众、啦啦队了。

"我就不参加比赛了吧，给你们当裁判。"顾及到右膝盖的伤病，我主动提出要当裁判。

"主席，不要啊，这种场合怎么少得了你啊！"琳依在旁边起哄。

"我膝盖有伤啊，怕打完篮球就残疾了。"我也故意夸张地说。

"主席，你也上场吧，不然人少很辛苦的。"

"那好吧，我少打一会，不过别指望我啊。"

简单活动后，我们进行四人半场篮球赛。

我的右膝盖自从多年前受伤后就一直没有痊愈，现在运动量稍微大些就会加重病痛。多年都没有玩篮球了，现在上场只能凑个热闹。

几位藏族老师一上场就生龙活虎，看样子是经常打篮球的。柱洪、火生年轻气盛，在学校是学院篮球队的队员，上场自然兴奋百倍。

双方势均力敌、难分高下。我心中暗暗叫苦，因为这种势均力敌的比赛最艰苦，也最激烈。随着比赛节奏的加快，我有所保留地投入比赛的想法根本就没法实现。我不得不抖擞精神，和队友配合，认认真真地对待比赛。

只一会儿的工夫，我就感到心脏的剧烈跳动，真担心心脏会蹦出来。半个多小时后，我宣告退出比赛。

"我不行了，我要歇会。我实在受不了了。"我大口大口地喘息，走到场地边坐下休息。

"主席，现在不能坐下来，要不然会高反晕倒的。"

"我不管那么多了，心脏实在受不了了。"高原空气稀薄，加上剧烈运动，我张大嘴巴喘息，还是感到痛苦得难以忍受，胸口仿佛放置了一个扩音器，我能清晰地听到心脏跳动的"咚咚"声，像是战鼓，一声高过一声，将我团团包围。我双手用力压住心脏，口鼻共用，大口地深呼吸，还是不能缓解。

其他人休息了一会继续进行比赛。火生他们几个到底是年轻啊，体力一如既往的好！

几分钟之后，我才慢慢缓过劲来。我站起来活动一下筋骨，在场地边上来回地走动，饶有兴趣地加入了啦啦队的行列。

晚上回到住处，我有点后怕。我们这些平时生活在低海拔地区的人，居然敢在这么高海拔的地方冒着生命危险打篮球，真有点像拼命三郎。

10 援建工人的心愿

在小学附近，忙碌着一批为灾民重建家园的外来民工。他们夜以继日、加班加点地与时间赛跑，希望能在入冬前让藏民搬进新房。

灾后重建工地的马达声传来，我们便知道他们又开工了。正在铺设的水泥路面在四周纵横延伸，通向正在兴建的藏族民居门前。我们目睹了民居渐渐显露出藏式屋檐和门窗。

一座座藏族民居拔地而起，已经初具规模。与地震前相比，这样的建筑规模让人激动不已。

由于过度放牧，一些草场遭到了相当严重的破坏。为了保护草原生态，政府正在借助灾后重建的机会为游牧的藏民兴建固定的居所。几年之后，一些以游牧为生的藏民必须改变以前的生活方式，尽快适应新的生活，尽快学会新的生存技能。

周末，老师和同学们都已回家，我们在宿舍里忙各自的事情。

火生从外面进来，带来了一位浑身沾满了白色漆料污渍的年轻小伙子。

小伙子是附近援建的民工，为藏民重建震后的房屋，一看模样就知道来自内地。他是来我们这里借相机用的。

略显拘谨的小伙子担心我们不借，说可以用他们的手提电脑作抵押。工程快要完工了，他们想在结束前留下照片作为留念。

为了看看他们的工作环境并协助拍照，我和火生跟随小伙子走进了他们工作的地方，顺便参观一下新建的住房。

他们来自四川，多为亲朋，也有夫妻一起来到这里的。他们的生活比我们艰苦得多，吃喝拉撒睡基本上都在工地上，为了同一个目标来到灾区。

小伙子领着我们参观即将完工的住房，满脸的自豪感。虽然满身污渍，但他们的笑脸始终带着发自内心的真诚和善良。

第五章　感受玉树风情

Travel is fatal to prejudice, bigotry, and narrow-mindedness.

—— Mark Twain

01 六道轮回图

周末，校长带我们去附近的寺庙拜访当地的一位活佛，请其为我们祈福。

早餐后，我们分乘两辆车向远处的草原驶去。远处是翁郁的山谷，阒静无声。

路边，早起贪吃的牛羊安然地在草地上吃着草，天空中漂浮的云朵在蓝天碧草的映衬下越发洁白无瑕。

驱车驶过几个村庄，狭窄的道路边供奉着硕大的玛尼石，经幡飘扬，鲜艳而壮观。

步入庙门，我们依照提示，脱去鞋子进入大殿。金碧辉煌的大殿内藏传佛教饰器铺天盖地一般将我们包围。寺庙的内饰层层叠叠，自上而下，极尽奢华，填充着大殿内的巨大空间。置身在这么华美的殿堂，这满目的饰品和无处不在的宗教氛围令我心神不安。

我们轻手轻脚地跟随在校长身后，拘束而紧张，交谈都变得轻声细语。在佛龛前站定，活佛与校长用藏语交谈，我们则在原地毕恭毕敬地耐心等候着。

过了一会，校长摊开整个右手手掌，指向一块玻璃橱格里的头盖骨告诉我们，那是当地一位德高望重的活佛圆寂后的头骨，头骨上面清晰地显现一块舍利子，这个舍利子正在逐年慢慢地变大。据说只有得道的高僧圆寂后，头盖骨才会出现舍利子。

以前曾在书中看到过，在一些佛堂内，有用人头盖骨做的法器。据说这些都是寺中有名望的喇嘛死后，嘱天葬师留给寺庙的。他们坚信，用有名望的喇嘛的头骨做法器能增强法力。

活佛手持镀金铜壶为校长赏赐甘露。校长虔诚地弯腰，双手接过活佛所赐的甘露，吸吮一口，然后将甘露从头顶洒下，用右手顺着甘露向脑后拂去。

我们依次按照校长的样子，双手捧起甘露，接受活佛的祝福。

这可不是一般的甘露。相传最早是大日如来佛像莲花宝座下的雪山狮的尾部凝出的甘露，为佛祖所赐，乃神圣之水，有着无量功德和加持力，是藏族信徒们最渴望得到的。

最后进入侧殿，我们排开静候，聆听一位喇嘛诵经。喇嘛诵经完毕，给我们每人手中发放一把青稞稻谷。我们跟从喇嘛的操作从头顶纷纷向后抛洒五谷，祈福大地五谷丰登。

　　拜访完，我们退出大殿。寺门左边占据整幅墙壁的"六道轮回图"再次引起了我的注意。

　　藏地寺院门口的侧墙上通常都会绘制一幅"六道轮回图"的壁画。佛教认为，人及众生并非仅有一次生死，而是有前世、后世乃至生生世世，绝大多数皆在生死中流转，依众生所具善恶之业的多少而轮回于六道。

　　此图以阎罗王手持轮回为中心，从内到外共分四圈。第一圈画有鸡、猪、蛇三种牲畜，象征众生贪、痴、嗔三种烦恼，是生死流转的根本。第二圈是由于众生贪嗔痴程度的不同而造成升沉的差异。心地清净者往上升，心地污浊者往下沉。第三圈即六道轮回，其中天、人间、阿修罗是三善道，地狱、饿鬼、畜生为三恶道。在其中有苦、乐、善、恶种种差别；每一道中都有佛陀出现，教化众生。第四圈是十二因缘，显现惑业苦的流转；一切有情都因身心烦恼的缠缚而陷在生死大海之中，不能出离。在轮回的右上角是佛陀，手指月亮，表示唯有佛法才能给众生带来光明与清凉。六道轮回图是释迦牟尼佛所教导的轮回理论的昭示图，它显示了凡夫众生在六道中生死轮回的图解，也阐明了苦的来源、脱苦的方法及脱苦的自在境界。

　　佛教承认轮回，认为人的灵魂在六道轮回（指三恶道，即地狱道、饿鬼道、畜生道；三善道，即天道、人间道、阿修罗道）中不断流转，不断地投生为六道众生。在转的过程中，最好的是转到人间。因为人有聪明才智，有情和恨。在人间做好事，做非常多的好事才能成佛。

宗教的力量是伟大的，她教人从善、坚韧。在自然条件恶劣的青藏高原，如果没有信仰的支撑，人们很难生存下去。这里物质匮乏，就连空气都很稀薄，人们必须通过宗教的力量获得意志和信仰，安于天命。

寺庙坐落在一处山坡上，一位藏民老妇人安详地端坐在山崖边，撑一把紫色带花阳伞，脸上写满了平和。

02 误入天葬台

赛马节放假第四天，我们掐指一算发现应该是赛马节的最后一天了，我们想去赛马节现场看看，体会一下草原民族的狂欢节日。

午饭后，我们却被告知，赛马节休会一天。

屋外暖阳高照，白云飘飘，我们突然来了兴趣，决定去对面半山腰上的村落看看，探访一下那里的寺庙。

这座寺庙我们在第一天到来时就留意到了，它叫结隆寺，在不远的半山坡上，依山势而建，俯瞰着隆宝镇。

藏地的寺庙除了少部分建在山顶上，其他多建在山川里，背山面川，寺借山势，山助寺威，寺庙与山水自然融为一体。

顶着中午烈日的炙烤，我们像打了败仗的散兵游勇，无精打采地走着。出了隆宝镇，沿马路绕了一个大大的河湾，才来到山脚下。

山脚下的坡度还比较缓，住着几户人家，围墙外摆着一堆堆整齐的牛粪饼，作为取火燃料。牛粪是天然的燃料，草原上遍地都是。

藏区孩子的日常任务之一就是背着背篓到草原上捡牛粪。回到家中，还要将一块块尚未变干的牛粪摊开晾晒。晒干后的牛粪饼就可以摆放好，以备使用。因此，藏民家家户户门前屋后都会囤积大量的牛粪，一堆堆、一座座，一年四季都离不开。

我们沿着山坡上行，见到的除了遍地的牛粪外就是随处可见的老鼠洞。据说这种老鼠吃草根为生。在洞口还有一粒粒细小的草种，应该是老鼠的粮食。我们懒散地走着，时不时可以看到远处老鼠探出脑袋，立着前脚张望。等我们走近，它们又会迅速地缩回洞内或窜入了另一个洞口。

越往上爬坡度越陡。羊肠小道弯弯曲曲通向半山腰，偶尔有车辆驶过，扬尘而来，绝尘而去。

在高原上行走是个体力活，更何况还要往上爬坡。刚开始我们还可以走走停停有说有笑，到后来就变得气喘吁吁，沉默不语。走累了，我们就席地而坐或仰面而卧。隆宝镇已经在远远的山脚下，在山谷间，被群山环抱。从这里回望隆宝镇，我不断感慨风景的优美。

我们越爬越慢，呼吸也变得急促起来。接近村口，崭新的吉祥如意八塔气势如虹整齐地在我们眼前一字排开，被蓝天白云映衬得无比秀美。

在藏区，白塔象征佛祖。佛经记载，释迦牟尼圆寂后，遗体被火化，弟子将其骨灰分成八份，分别封入八座佛塔中，以纪念释迦牟尼一生的八大功德。藏地寺庙外面通常都有八座佛塔，因八座佛塔的基座和

塔体皆为白色，它们又被称为"八白宝塔"。

八座白塔有不同的意寓在里面，分别为："莲聚塔"，纪念释迦牟尼降生时行走七步，步步莲花；"菩提塔"，纪念释迦牟尼修成正觉；"四谛塔"，纪念释迦牟尼初转四谛法轮；"神变塔"，纪念释迦牟尼降服外道时的种种奇迹；"天将塔"，纪念释迦牟尼从天堂重返人间；"息净塔"，纪念释迦牟尼劝息诸比丘的争端；"胜利塔"，纪念释迦牟尼战胜一切魔鬼；"涅槃塔"，纪念释迦牟尼证入涅槃，不生不灭。

我们开始走进村落。不知是不是已到中午的缘故，我们没有见到人影。安详的村落静静地坐落在半山腰上，灰色土墙的房屋因地震而出现不同程度的裂痕和倒塌，有些凌乱与萧条。一些濒危房屋的墙体用原木顶着，防止倒塌。

此时我们已经走散，王瑞、琳依和我三人走在一起，静静地穿梭于这些藏式民居之间。少人问津与踏访的村落没有世俗的铅华，布局层次分明，木制的门框与色彩鲜艳的屋檐和窗户极具藏式风格。

我们沉默无语，静静地分享这难得的时光。远处忙碌的重建工地似乎也无法打破这里的宁静与安详。

我们流连忘返于破旧而肃穆的村落间，这里没有喧闹，我们仿佛置

身于与世隔绝的世外桃源，这一刻，时间仿佛凝固了。

拾级而上，我们看到一处塌方的土墙，踩着土块顺势向上攀爬，突然间，鲜丽的藏式庙宇殿檐跃入眼帘，一瞬间，震撼心头。我们精神大振，越过土墙来到了庙宇前的空地上。

气宇轩昂的大殿完整地展现在我们面前。我们抬头仰望，在蓝天白云的衬托下，黄墙金瓦经幡飘扬的寺庙尽管规模不大，但其大殿背靠大山，面朝河川，依山而建，气势格外恢宏。

高大的寺庙，金色迂回复合式的大殿金顶，每一道横梁的顶端都配有金灿灿的金幢。主梁则是威武厚重、金光闪闪的法轮，两旁又有金鹿相护，看起来壮丽辉煌。

高高翘起的庙宇屋檐，把我们的视线引向碧蓝的苍穹。在蓝天的映衬下，它显得庄严、威武、壮美、神圣，犹如雪山的雄狮，守望着隆宝镇大地。裸露的骄阳照耀着金色的寺庙，震后的破败更显得寺庙的凝重与神圣。

大门紧闭，我们绕大殿顺时针而行，饶有兴趣地观赏这座藏式风格的庙宇。几只慵懒的狗睡眼惺忪地卧在侧殿前，对我们这些陌生的访客不理不睬。

正当我们漫无目标地到处走动时，迎面走来了一个阿卡（喇嘛）。他看到我们，热情地和我们打招呼。很遗憾，由于语言不通，我们也只能通过他的面部表情和手势来判断出我们的到访没有令他反感。

阿卡示意我们随他而去，引领我们从侧殿入庙。一个又窄又陡的木梯出现在眼前，我凝神抬头仰望，昏暗的光线中看不清木梯通向何处。

藏传佛教认为，木梯是最早的吐蕃赞普从天上下凡到人间所用的交通工具，具有崇高的象征意义。佛堂建得比经堂高，意为供奉的神祇高高在上，居于天界，而人们也希望通过木梯和上天沟通。

楼道间光线昏暗，我小心翼翼地踩在上面，木梯发出清脆的"吱呀"声。我虔诚而凝重地走在上面，不知道面对的将是什么情景，心中充满了疑惑和期待。

其他阿卡过来将殿门打开，热情地引我们进入大殿。

这么近距离地接触藏传佛教寺庙，大殿内的金碧辉煌让我震惊。大堂正中央的供台之上供奉着佛像，整个墙壁的千佛阁与经卷金光耀眼。大殿之内到处挂满了藏传佛教的各种壁画、唐卡和法器，就连巨大的立柱也被饰品里三层外三层地包裹着。

阿卡带着我们在大殿内走动，我们仔细地观察着那些精美绝伦的唐卡和神器。

唐卡是盛行于藏区的一种古老的卷轴画，常绘在布帛或丝绢上，通常悬挂在寺院殿堂中，也可卷起带在身边。

这里允许拍照，令我们大为惊讶。因为许多寺庙都是不允许拍照的。或许是我们与佛有缘吧！

我敬畏地端着相机取景，双手却不自觉地颤抖。我每轻按一次快门，心中就多一分愧疚。

阿卡展示出一张精美的唐卡给我们看，还用藏语给我们解说，可惜一句都没有听懂。

我们逗留了二十多分钟后向热情的阿卡挥手告别，没想到那位年轻的阿卡执意引领我们沿山路上行。我们忐忑不安却不好拒绝阿卡的好意，只能随他而去。山路弯曲伸向远方，消失在山坡背后。

行走在高山上，弥望满眼浓郁的绿色层层叠叠地蔓延到远方。山脚下的隆宝镇被山谷包围，弯曲流淌的河水像丝带一样柔美地划过草原。白云漂浮在头顶，仿佛触手可及，一切美好得超过了梦境。

如果没有地震，隆宝镇也许不会被世人关注，将默默地在这块美丽的大地上继续静守下去。

我们三人有说有笑地随阿卡走着，避免尴尬的冷场出现。阿卡大部分时候沉默不语，安静地看着我们说笑。只有看到我们拿出手机、相机使用时，他才连连对我们说出一串的藏语。当意识到阿卡正在告诉我们这些电子产品的藏语时，琳依喋喋不休地跟着学了起来，兴趣颇高。世界就是这样，存在文化差异，生活才如此有趣，如此多彩。

当我抬起相机想要给阿卡与琳依留下合影时，阿卡连连躲闪。后来我才知道，修行中的喇嘛是不能和女性施主合影的。

在转过几个弯后，碎石路终止于前方，一座不大的玛尼石堆静卧在

旁边的山坡上。阿卡带我们沿草地斜向上而去，在一块天然大石头旁停下来，用藏语想告诉我们什么。我低头观望竖立的石头下一个天然的土台，焦炭灰堆旁有一个锤子、一副还沾着血迹的橡胶手套和几缕毛发。

我顿时明白——原来阿卡带领我们来到了天葬场。一堆堆的玛尼石顺山势静静地铺展在草地上，我们心生敬畏，虔诚地跟着阿卡，聆听阿卡讲述着我们听不懂的藏语。

天葬，在我们看来是个神秘的话题。对于藏民来说，逝去之后最好的归宿就是通过天葬来转世。

藏民在去世之后的三天里，家人需要请喇嘛念经，并请法师推算天葬的日期。在家超度灵魂之时，需要把逝者绑成打坐的姿势，在周围摆放酥油灯，因为灵魂不能在黑暗中摸索。从逝者去世直到天葬进行，绝不允许陌生人打扰。藏民认为，人刚死时是关键时期，死者的灵魂还在体内，如果陌生人前来靠近，死者的灵魂可能会受到打扰，甚至受到惊吓。

超度灵魂时，死者的家人会请喇嘛在死者耳边念诵经文，念的经文是《西藏度亡经》：尊贵的某某，所谓死亡这件事情已经来临。你已经脱离这个尘世之中，但你并不是唯一的一个；有生必有死，人人莫不如此。不要执着这个生命；纵使你执持不舍，你也无法长留世间；除了在此轮回之中流转不息之外，毫无所得。不要依恋了！不要懦弱！

根据《西藏度亡经》所说，三天后，亡者的灵魂就进入了中阴，这是死亡和转世之间的一段过渡时间，一般为七七四十九天。这期间，灵魂若是受了惊扰，死者可能无法转世，将永远滞留在中阴。所以，藏族人忌讳陌生人谈论、观看与拍摄天葬，因为这关系到灵魂的最终归宿。

天葬时，遗体被抬到天葬台处，放在地上。亲属绕行三圈，其后在旁边点燃一堆柏枝，浓烟远远飘散出去。天葬师在剖尸台上将遗体分成块，用锤子捣碎。亲属则在旁边齐声高歌，帮助灵魂走上转世之路。这些仪式结束后，天葬师开始召唤秃鹫前来，将骨肉一扫而光。如果秃鹫很快就把尸体吃得干干净净，亡灵的转世也会很迅速。

不同民族，不同信仰，对待死亡的态度和处理方式迥然不同。

藏族人认为，他们死后还能以血肉之躯行最后一次布施，积累了往生善趣的功德，心里莫不异常欣慰，甚至连对死亡的恐惧也减弱了不少。

在藏地的天葬中，处理的是人的肉体，真正的主角却是连接天界与地界飞翔的秃鹫。在藏族人眼里，秃鹫是一种神鸟，被视为"空行母"的化身，并且相信它能够帮助死者的灵魂寻找到一个理想的归宿。

天葬台的选址很讲究风水。天葬台要求后方要有高高的山石，前方要有广阔平坦的视野，要有河流，东水西流最佳。天葬台既是生命的终点，又是生命的起点，生死轮回从这里碾过，天界、人间在这里相通。

我们现在所处的天葬台视野开阔，四周凌乱分布着碎石块，不知是天然形成的还是人为摆放的。在这种地方燃起桑烟，秃鹫很容易看到。

阿卡带领我们继续往高处行走，在山顶上，还有一座又大又平的石头砌成的天葬台。空荡荡的天葬台四周悄无声息，我却感觉死亡的气息在无限蔓延，将我包围，令我恐畏。听说，喇嘛们经常选这样的地方来修行，天葬台能帮助他们克服恐惧，领悟到生命的短暂与无常。

藏族是个了不起的民族，在如此恶劣的气候下能与大自然抗争，同时又能与大自然和谐相处，即使是逝后也要通过天葬的方式来回归大自然。

在此逗留片刻，我们开始下山往回走，在寺庙附近与阿卡挥手告别。

我始终不知，为何阿卡要引领我们三人前来天葬台。

03 勒巴沟内的唐蕃遗风

趁着赛马节休息，校长要带我们去探访当年文成公主的入藏之路。

这是一个晴冷的早晨，草地上铺了一层白霜，空气在车窗上凝结成霜。薄雪柔和地铺展在远处的山坡上，如同覆盖上一条巨大的哈达。

站在屋外，寒意袭人。

为了早点出发，我们在浓浓寒意中匆匆吃完早餐，在晨曦中迎着朝霞上路了。

村庄渐渐消退在身后，山谷阒静，路边静静流淌的河水平静而柔美，水雾升腾，旖旎异常。远处的霞光努力刺破云层，在大大小小的缝隙里射下耀眼的光芒，水面如碎金子般闪闪发亮。

草地上深浅不一的绿伴着初升太阳放射出的光芒，如同仙境。我们蜷缩在狭小的车厢内，在忍受颠簸的同时不忘欣赏这美丽的景色。

出镇不远，出现大片的湿地，水草茂盛。路边纵横交错着溪流，分布着大小不一的沼泽地。这里是著名的黑颈鹤栖息保护区。每年的三四月份，黑颈鹤从云贵高原飞来隆宝滩，在这里栖息、生活，直到十月寒冷的季节再返回过冬。

接近结古镇时，车辆渐多，灰尘弥漫，一座座被脚手架包围的建筑物蓦然跃入视野之中。手持、肩扛着工具的建筑工人三五成群地行走在马路边。我们出发得早，到达结古镇时正好是工人开始上工的时候。在废墟上重建的结古镇如同混乱无序的集贸市场，人声鼎沸，忙忙碌碌。

汽车沿着通天河在崎岖、碎石满地的山崖边行驶，尘烟滚滚。我们惊叹于糟糕的路况，同时也被校长高超的驾车技术所折服。

作为长江之源的通天河裹挟着浑浊的河水一路咆哮顺势而下，气势恢宏。一路耸立的赤裸的山体和奔流的江水营造出厚重的历史沧桑感，令人沉迷。

公元641年，唐太宗以文成公主许嫁松赞干布。文成公主率庞大的和亲队伍沿唐蕃古道进藏，沿途留下了众多美丽的传说。

当年文成公主在黄河源头扎陵湖、鄂陵湖边与迎亲的松赞干布相遇，在送亲大臣李道宗的主持下举行了隆重的婚礼。之后，松赞干布陪护文成公主渡过通天河进入玉树。文成公主被这里的风光迷住，在此安营扎寨休整。

素有"山玛尼、水玛尼"之称的勒巴

沟有许多历经千年风尘的佛教摩崖，相传它们都是文成公主和金城公主先后进藏时留下的历史文化遗迹。至今，崖壁上还可以见到浅雕的佛像。

在勒巴沟口，文成公主亲自督建了一座佛塔，取名"古素赛麻"，意思为"沙中佛塔"。在贝纳沟，文成公主又主持在一面摩崖岩壁上凿刻了气势恢宏的大日如来佛等数尊石刻佛像，成了如今的文成公主庙。

我们驱车赶到，在沟口处，一座风蚀非常严重的沙塔孤零零地耸立在通天河边。虽经1300多年的风雨，沙塔却依然屹立不倒。

在不远处的山崖上，有一处古铜色的裸露岩石，上面刻着当年文成公主入藏时留下的壁画。壁画隐藏在灌木之后，并用铁栅栏保护着。我们屈身穿过岩石前的灌木丛，才得以来到岩壁前，一睹"礼佛图"。壁画上刻着松赞干布和文成公主拜见释迦牟尼的情景。阳光透过灌木枝叶投射在岩石上，壁画上的人物线条斑斑驳驳。松赞干布头戴塔式缠头，身着宽大的袖袍，双手捧着一只供奉用的钵碗。文成公主手捧莲花，跟随其后。

遥想当年公主从东土大唐国都入藏，一路行来，彩旗飘扬，经幡飞

舞，场面是何等的气派。在勒巴沟壁画处，我们却只能通过杂草丛生的山崖之上模糊的壁画和雕刻来感受当年的盛况。

勒巴沟是在结古镇东三十余公里通天河西岸的山涧之中，是一条长约八公里的峡谷，藏语意为"美丽的沟"。勒巴沟两侧是高耸陡峭的山崖，中间生长着茂盛的树林，山下是低矮的灌木和灿烂的山花，清泉在山涧中潺潺流淌。

沿勒巴沟一路向上行驶，路更加颠簸曲折，风景也更加秀美。许多路段被两侧的灌木枝条阻挡，看来少有游人造访此地。这里沟深崖高，树木茂盛。山崖上的玛尼石开始密集出现，大大小小，密密麻麻，有的地方整个山壁都被玛尼石所覆盖。玛尼石上所刻的许多经文看起来都模糊不清、残缺不全，是沧桑岁月留下的痕迹。

沟底流淌着清澈的溪水，大大小小的山石散落在水中，上面也刻满了六字箴言、经文和咒语。溪水顺流而下，冲击着河道里的玛尼石，好似信徒们永不停歇的咏唱，这就是藏族人所称的"水玛尼"，与山崖上的"山玛尼"遥相呼应。

在藏区，六字箴言印在经幡上，飘扬于蓝天白云之下、崇山峻岭和房屋刹顶之上；还镌刻在石块摩崖、峭壁之上；流淌于江河之中。千百年来，藏族僧俗用如此简短的箴言，祈求幸福，驱逐烦恼，净化心灵。

山谷中只有我们一行人在游览。山风轻拂，经幡飞扬，这里充满了藏传佛教的宗教文化气息。我们在和风暖阳中时不时停车驻足，瞻仰观赏。

这被历史尘封的遗迹鲜有人踏访，路不时消失在草丛中，经过有些陡峭的路段，我们不得不悉数下车，推车才能够过去。

几次越过小溪，我们走走停停，在崇山峻岭中寻找文成公主留下的痕迹。在这里我们深刻地体会到了宗教信仰的伟大。

一路怪石嶙峋，小溪潺潺，野花怒放。

一路经幡飘扬，哈达飞舞，玛尼遍地。

04 拜访文成公主庙

出了峡谷，陡峭的山崖变成平缓的山坡，草甸茵茵。

接近中午，校长决定在风景优美的山坡上就餐。野餐吃的是一种氛围，一种心情。

空旷的山谷中，绿茵茵的草地上野花怒放，争奇斗艳。头顶蓝天白云，身边风和日丽，大自然的美景令人感动。

半个多小时后，我们吃饱喝足。休息片刻，打扫完战场后，我们心满意足地又开始了探寻"唐蕃古道"的征程。下一站是此行的目的地：文成公主庙。

在翻越一处垭口时，我们看到不远处低空翱翔着几只巨大的秃鹫。秃鹫飞翔时羽翼分开成一条直线，显得刚毅、傲慢。草地上几只秃鹫安详地踱着步，它们躯体粗大、羽毛黑亮。

垭口处，天空湛蓝，五彩的经幡随风飘动，把炽热的光线搅得灵动斑斓。

赶到文成公主庙时已是下午时分。一座不大的庙堂承接着千万虔诚信徒的膜拜。藏式建筑的文成公主庙紧贴百丈悬崖，环境幽静，金光闪闪的屋顶光芒四射。

　　文成公主庙位于贝纳沟，藏语意为"十万佛经沟"。相传，当初菩萨感动于文成公主的虔诚，在沟内的每一块石头上都刻上了六字箴言、经文和佛像，保佑玉树百姓。

　　我本以为文成公主庙敬奉的是文成公主，走进大殿才觉察正中供奉的是大日如来佛像，两侧分列着八大菩萨。这是当年文成公主路经此地为了答谢当地人民的热情款待，亲自设计、督建的九尊佛像和石刻壁画。

　　文成公主庙又称大日如来佛堂，距今已有1300多年的历史。相传，此处供奉的大日如来佛像同拉萨大昭寺内的释迦牟尼像具有同等的加持威德。这座佛堂是在唐贞观十五年（641年）文成公主进藏时沿途留下的，规模宏伟壮观，是弥足珍贵的历史文化遗迹。

　　"文成公主庙"是在文成公主入藏七十年后的唐景龙四年（710年）才被命名的。在唐蕃第二次联姻之时，远嫁吐蕃王赤德祖赞的金城公主路过此地看到姑祖文成公主设计、督建的九尊佛像极为壮观，于是令当地工匠和侍从扩建了佛殿加以保护，并赐名为"文成公主庙"。

　　在灯火闪耀的殿堂里，人们排着队献上哈达、酥油，用脑门轻触神龛，以沐浴佛的法力与恩泽。

　　在大殿的一侧，一位喇嘛手持镀金铜壶为前来的信徒赏赐甘露。我

们随着藏族信徒依次走到喇嘛面前，虔诚地弯腰，接受喇嘛的祈福。

在庄严的佛教氛围下，我们都屏住呼吸，小心翼翼，就连交谈也都变得轻声细语，生怕惊动了神灵。

同行的秋吉老师是个藏族姑娘。她神情庄重地来到如来佛像面前，面对佛像磕下了虔诚的等身长头。

藏民磕长头时，要五体投地，代表"身敬"；口中要不停念着佛经，代表"语敬"；心中还要念着佛祖，代表"心敬"。他们相信，唯有"身、语、心"相协调时，人才能真正感受到佛的感召，洗去自己的罪孽。

来到玉树多日，我们时刻都能感受到藏民对佛教的虔诚信仰。我们作为无神论者，来到宗教氛围浓厚的藏地，在神圣的殿堂之中，在佛教信徒看来，也许我们的举止显得木讷呆滞，与这里的氛围格格不入。

成林老师曾告诉我们，玉树地震之后，国家派了很多心理辅导师来这边，试图帮助经历过灾难的人们走出阴影。但是这里的人们告诉心理辅导师们："我们的信仰已经把悲痛都带走了。"

而我们的信仰在哪里？

我站在院中，阳光从头顶划过，投射到地上。不远处的诵经声传入耳中，撞击着我的心灵。我看着自己的影子，再看看秋吉老师虔诚的举动，心头掠过一丝悲凉。

离开公主庙，我们驱车继续前行，刚刚转过一个弯，漫山遍野的经幡、哈达突然间扑面而来，壮观得让人眩晕。原本绿草覆盖的山坡被各

种颜色的经幡与白色的哈达所取代。微风吹来，经幡飘扬、哈达飞舞，仿若听见悠扬的佛经吟诵声在山谷间回荡。我们此行已经被多次震撼，此时的我搜肠刮肚也找不出任何词语来描述这等壮观景象。

千百年来，人们在这里的岩壁上凿刻佛像和经文，悬挂经幡和哈达。久而久之，贝纳沟的大部分岩石和石头都被人们刻满了。而今，经幡、经文已成为百丈悬崖断面上新的肌理和肤色。

我置身其中抬头仰望，也只不过是历史一瞬。

05 藏獒之缘

驶离文成公主庙后，我们来到此行的最后一站——藏獒园，近距离接触玉树纯正的藏獒。

在路上，校长神秘地告诉我们，我们准备拜访的是更阳老师家，他和兄弟两人共同拥有一名妻子。兄弟主内，他主外。

我们法定的婚姻是一夫一妻制，但是目前藏区一妻多夫现象仍然不少，通常是兄弟共妻，几兄弟可以共同拥有一个妻子。

这是一个藏家院子。推门而入，映入我们眼帘的是几只黑乎乎的藏獒。听到动静，藏獒在铁丝网内对我们这些陌生人狂吠。这几只纯正的藏獒瞪着闪闪发亮的双眼，怒视着我们这些进犯领土的外来客。由于被困在网内，这些猛兽烦躁地在网内来回跑动，时不时张开血盆大口向我们示威。

藏獒是一种高原犬类，是世界上唯一不怕野兽的犬。《马可波罗游记》中有对藏獒的描述：头大毛长，颇狰狞，其力可敌狮。

藏獒，藏语叫"多启"，"多"是拴着的意思。这种狗头大腿短，凶猛善斗，必须拴住饲养，不然危险极大，容易伤人。一只纯种成年藏獒体重可达七十公斤，壮似牛犊，头部鬃毛往后飘散，雄健威猛。它们奔跑速度奇快，力大无比，名列世界名犬之首。

玉树产藏獒是出了名的，且价格不菲。据说，在一次拍卖会上一只纯种藏獒曾经拍出两千两百万的天价。近几年，内地一些富豪也开始购买藏獒，并以拥有玉树纯种藏獒为荣。

我们小心翼翼地在主人的带领下进入院中之院，这一次又吓了一跳。只见一排铁笼内单独关着一只只身材高大，浑身肉颤的庞大藏獒，个个体态雍容华贵，也更加威猛。这些藏獒向前一扑，前腿搭在铁网上，足有一人多高。我们对它们指指点点，尽量"敬而远之"。

参观完藏獒，我们被引入客厅。落座之后，主人依次奉上酥油茶、奶茶、酸奶，俨然将我们视为尊贵的客人。面对真诚的主人，我们慢慢也不再拘谨。

我端着精美的茶碗，细细品味纯正的酥油香味。其他队友喝不惯酥油茶的味道，频频举杯喝起了酸奶。这里的酸奶有种无法言表的酸味在里面，味道独特。一些队员忍受不了这种出奇的酸，不得不添加白糖来中和。尽管被酸得龇牙咧嘴，但我还是更愿意接受这原汁原味的酸奶。

玉树地处青藏高原，难以种植蔬菜，茶叶补充了当地人所需的大部分维生素，还可以帮助消化。藏民将茶叶和盐巴混合了牛奶与酥油提炼成酥油茶和奶茶，饮茶早已成为藏族人必不可少的生活习惯。

期间校长又向我们敬献了一杯白酒。

我用眼光示意，让莫柳和我一起回敬校长和主人一杯。

"校长，感谢您这段时间对我们的支持和帮助。我们也借花献佛，敬您一杯。"虽然是客套话，却是我们的心里话。

"谢谢！但是，我已经戒酒了。不能喝酒的！"

"就一杯酒，这是我们的心意。"

"我真戒酒了。我曾在活佛面前起过誓，不能再喝酒的。"

听到这里，我们也就不再勉强。

后来我们听说了一个故事，才知道喝青稞酒的危险：一个女人带了一头山羊和一壶青稞酒走近一个喇嘛，用自己的身体、羊和酒来引诱他。喇嘛深思熟虑后，对自己说："我不能宰羊，那会犯第一条戒律；我也不能碰女人，那会犯第二条戒律；喝酒的罪孽最轻。"第二天早晨他醒来，发现自己酒醉后宰了羊，吃了肉，还和女人睡了一晚上。

敬完酒，主人又端来新出笼的牦牛肉馅的包子让我们品尝。

由于中午野餐相当丰盛，且间隔时间不长，我们并不饿，但实在盛情难却，我们勉强吃下了一两个包子。正当我们以为主人的款待就此结束时，主人又端来满满两大盘热气腾腾的牦牛肉。我们个个"惊恐万分"，只能在主人一再相劝下吃着这据说是最有营养价值的五分熟的牦牛肉。

感受过主人的热情款待，我想我要重新定义"好客"及"对朋友的真诚"的含义。

藏族有一句谚语："把盛装穿在自己身上，把佳肴留给尊贵的客人。"这真实地反映了他们的热情好客。

06 赛马观赏记

上午接到消息，校长安排尕玛普措老师开车送我们去观看赛马节，我们一片欢呼。

厨房的两位阿妈也早早地做好了午饭，让我们尽早赶去。

赛马节会场是离镇不远的一片草原，本来平静的草原因为赛马节的缘故顿时增添了热闹和欢乐。

远远地，我们就望见赛马节会场周边停着大大小小的车辆，草原上许多大大小小的帐篷如雨后春笋般冒了出来。周边村镇的藏民大多举家

而来，穿戴着最华丽的民族服装来到赛马会场。

玉树赛马会的历史可以追溯到吐蕃时代。当年文成公主入藏，在玉树停留休整，玉树民众就为公主举行了隆重的赛马会。后来，佛教传入藏地，藏族人逐渐放弃了他们强烈的尚武精神，保留下善良、勇敢、热情与豪放的秉性。

赛马会，藏语叫"达穷"，作为藏区草原规模盛大的传统节日，是名副其实的"草原盛会"，娱乐和欢庆的主题贯穿始终。赛马会一般都要持续好几天，以煨桑揭开帷幕，之后会有庄严的祭拜仪式，然后有赛马竞技、服饰表演、歌舞表演等节目。赛马主要有跑马射箭、跑马捡哈达、马上倒立，以及长距离跑马赛、牦牛赛、走马赛等。节目丰富多彩、精彩不断，奖品也很丰盛。听说这次赛马节的奖品有拖拉机、摩托车等，比赛的评委是当地的一些政府官员和寺庙里德高望重的高僧活佛。

听着普措老师的介绍，我们不断惋惜错过了前几天的精彩表演。还好，我们赶上了最后一天的节目，毕竟这是玉树一年一度的盛事啊！

藏区大致可分为三个部分：卫藏、安多和康巴。藏地有句俗语"法域卫藏、马域安多、人域康巴"，意思是说卫藏地区是佛法最兴盛的地方，安多地区出产宝马良驹，而康巴最有名的是康巴人，男子彪悍神

勇，女子明艳动人。玉树就属于康巴区域，服饰奢华且雍容大气。

世居高原，辽阔的草原和恶劣的气候造就了康巴男子宽广的胸襟和粗犷的性格。自古以来，康巴人的血液里一直有着强烈的尚武精神和英雄崇拜观念。

赛马场上，人头涌动，彩旗飞扬，周边已经聚集了大量当地藏民，康巴男女无论老幼均盛装出席。我们发现这一盛大节日，除了进行赛马之外，还是一个大集会，那些驻扎的帐篷，有的是远道而来的牧民搭建的，有的是流动的小商店，各种商品应有尽有。身穿艳丽的民族服装，佩戴玲珑精致的藏式饰品的藏民从四面八方聚在一起，开展体育竞赛、商品交换和歌舞娱乐，仿佛要在这几天里驱走积压在心头一年的孤独与寂寞。

我们在赛马节上见到的康巴汉子个个头缠红色英雄结，身穿靓丽的镶边皮毛藏袍，配上高筒的皮靴。宽大的藏式腰带上斜插着雕刻精致的藏刀，真是威武雄壮。康巴汉子的不羁、彪悍、勇武、憨直，在此时此地展现得淋漓尽致。

而未婚妙龄女子更是精心打扮。她们浓妆艳抹，穿着华丽的服装，从辫子、发梢到头饰、腰佩都是精心装点过的。脖子上挂着沉甸甸的银项链，配上天然的大块琥珀、绿松石、红珊瑚，足以令万物失色。孩子和大人着一样的服装，一样的配饰，一样的光彩照人。

在藏区，因为生活的流动性很大，而且都在偏远的地方，藏民通常把财富换成各种名贵的珠宝、饰品，可以随身携带以及世代相传。因此，很多人身上的绿松石、玛瑙、红珊瑚和蜜蜡加起来，价值不菲。

那些妙龄姑娘结伴而行，是赛马场上靓丽的风景。她们有的用口罩遮住脸部，只露出两只水灵灵的眼睛。我想，这不仅是为了爱美防太阳

辐射，还是为了掩盖遇到英俊的康巴汉子的眼光时引起的羞涩吧。

我突然明白，这不仅是赛马节，更是未婚康巴男女的"相亲会"。在赛马节上，除了独占鳌头的骏马之外，那些引人注目的娇柔妩媚的女子、英俊硬朗的汉子才是主角。

我们东瞅瞅西看看，有种"刘姥姥进大观园"的感觉，陶醉在盛况空前的场面之中。

康巴汉子身上有"三宝"：骏马、叉子枪和腰刀。长发飘逸的康巴汉子头戴牛仔帽，脚蹬长靴，斜披藏袍，昔日胯下的骏马如今已被现代化的摩托车所取代，但姿态同样潇洒威武。他们把"座驾"装扮得五光十色，飞驰在草原上，车把上垂挂着的长穗条随风飞舞，更显英姿飒爽。

"哇，好英俊、好潇洒啊！"队友琳依与雅楠一见到骑摩托车的康巴汉子经过，就大呼小叫起来。

几位花痴女生迅速把目光聚集在年轻英俊的康巴汉子身上，寻找心仪的康巴汉子，要求合影。康巴汉子非常绅士，来者不拒。

琳依与雅楠两个队友终于抵挡不住诱惑，伺机挑选"中意"的康巴汉子，跳上摩托车，坐在英俊的康巴汉子的身后，在大草原上飞奔驰骋。

当天下午的赛马节活动有长距离赛马、赛牦牛和走马，其中最具娱乐性的就数赛牦牛了。我从未想到笨重的牦牛可以跑得如此之快，简直就像越野车，充满力量，充满野性。

只见平常看来憨厚笨拙的牦牛在骑手的驾驭下奋蹄疾驶。快到终点时，一些牦牛不知是不是受到观众的惊吓，掉转头又往回跑，还有个别牦牛就在原地打转。其中一头牦牛甚至跑离赛道，冲向了观众席。在观众一片驱赶声中，这头牦牛突然间发疯似的又冲回赛道，连超数头牦牛，引来阵阵喝彩。

当天的另一项比赛是走马，就是在一个长方形的赛道内，马以"走"的形式进行二十圈的比赛。最初出发的共有十几匹马，渐渐地，参赛的马匹前后拉开了距离，像马拉松比赛那样分成了多个方队。我们惊喜地发现，有几位少年骑手就是我们支教所在的小学的学生。最突出的几匹马交替领先，由于距离长，那些步伐稳定、四蹄有力的马匹稳定地处在前列。到最后，一些马匹纷纷退出比赛，只剩下几匹表现突出的马争夺最后的胜利。

一年一度的赛马节是藏民欢庆的节日，他们每个人脸上都洋溢着发自内心的喜悦。在这里生活了多日，我早就留意到藏民安详的面容和清澈的目光，使他们在灾难过后还能平和地面对生活、面对生命。

幸福并非来自物质的丰富，而来源于内心世界。

07 这山·这水·这狗

隆宝镇四周群山环抱、绿草遍野、小河环绕、牛羊遍地，这里有优美的风景，还有淳朴的藏民。短暂的时光转瞬即逝，我们深深地爱上了这片土地。

在晴空万里的日子里，我们在享受中午明媚阳光的同时，也要忍受冷似寒冬的清晨。从酷热的南方远道而来的我们在面对这里盛夏时节的寒冷时，总会产生一种时空错乱的恍惚。

这里的山并不高，但体态庞大，每天清晨推门远眺，蓝天白云下的大山静静地守护着这里淳朴的人民。傍晚时我们偶尔约上三五知己，在牛粪遍地、野花灿烂的山坡上散步，或坐或卧，发呆闲聊。

每当清晨推门而出，我们都会被眼前草地铺满的白花花的晨霜白露所震惊。裹紧军大衣，我们在空旷无人的山谷中可以吐气成雾。当太阳的光芒慢慢在山谷中铺洒开来时，晶莹的露水在草尖之上折射着太阳的光辉，大地开始苏醒，炊烟从一座座帐篷上空升起。新的一天开始了。

这里的生活单调而有规律。每天踩着牛粪在校园内穿梭，害羞而活

泼的藏族学生挂着鼻涕和已经相熟的老师打招呼。时不时会有学生拉着我们的手要求一起玩耍。晚饭后我们会结伴出行，到满地灰尘，正在施工的街道上散步消食，采购一些生活用品和诸如鸡爪、饼干之类的零食。

山脚下，清澈的小溪弯曲流淌，碎石铺底，清晰可见。每隔几天，在阳光明媚的下午，我们在小溪里洗衣服、洗头，甚至洗澡，清洗我们一身的尘土和疲惫。

虽然生活艰辛，缺水少电，我们却感觉十分快乐。

在藏地牧区，牧民们对狗有独特的情怀，而纯正的藏獒最受藏民的青睐。在一望无垠的草原上，羊群时常会遭受野兽的袭击，唯有所养的狗可以挺身而出。在藏民家里，几乎家家都养狗。狗是人类的朋友，是主人忠诚的伴侣。这里有狗生活的广阔天地，它们自由地游荡于庭院、山水之间，闲逛于车水马龙之中，对忙碌的世界处之泰然。这里的狗很悠闲，或躺在院落里晒太阳，或迈着四肢晃着尾巴到处闲逛，见到我们这些生人也不吠不叫。

女生宿舍隔壁的白师傅家就养了两条狗，一条温顺，一条凶猛。温顺的狗由此获得更多的自由，而不受绳索的约束。夜晚，我们常常被群狗的齐吠声惊醒。

狗是这里的精灵，陪同主人一起守护着自己的家园。

面对四周群山的包围，从最初对美景的惊叹到逐渐的淡定，这里的一切似乎就如同朝夕相处的亲人一样来得自然亲切。当然，我们只是这高原的匆匆过客，这里注定只是我们人生旅程中的一站。每当想起，我就会黯然神伤。

　　离别的日子终将到来，但愿若干年后，翻阅往昔的图片、观看旧日的视频，这些记忆的碎片能够唤醒那快要麻痹的头脑。淳朴的学生、热情的老师、美丽的草原、广阔的天空，都将会深深地刻在我的脑海中。

下篇：行走世界之巅

第一章　西域上的丝绸之路

Travel is more than the seeing of sights: it is a change that goes on, deep and permanent, in the ideas of living.

——Miriam Beard

01 时光穿越喀什老城

凌晨四点，我和同伴燕大侠罗燕坐大巴车来到喀什。

这次旅程，我和燕大侠在吐鲁番会合，然后经库车，到巴音布鲁克、那拉提，再经伊宁，最后乘坐 44 个小时的卧铺大巴辗转来到喀什。我们准备沿 219 国道，也就是著名的新藏公路进入阿里地区，然后到达拉萨，与"世界之巅支教团队"的其他队友会合，前往山南地区浪卡子县普玛江塘乡完小，进行公益之旅。

黑暗中，站在喀什街头，我们一时找不到北。

迈着凌乱的脚步，在手机导航的引导下，我们终于来到了喀什麦田青旅。

喀什其实是喀什噶尔的简称，是祖国最西部的一座边陲城市，古称疏勒，是历史上著名的"安西四镇"之一，已经有两千多年的历史。喀什曾是中国丝绸之路上通往印度、波斯、罗马、埃及的必经之路。

喀什是我一直期盼能够领略异域风情的地方。我曾无数次在脑海中想象着，在古老的小巷中，在晚霞的辉映下，迎面走来一位头缠丝巾，身穿宽大衣裙的维吾尔族老大妈，她邀我走进百年老宅院去品尝瓜果。

有人说："你可以一眼望穿许多城市的五脏六腑，但你却无法看透喀什噶尔那双迷人的眼睛。"喀什的灵魂在老城，它代表着这个城市神秘的过去，安详的现在和拥有希望的未来。

安顿好住处后，我和燕大侠决定不顾连日的劳顿，先到老城转转，寻找一下喀什的灵魂。

从麦田青旅出发，跨过吐曼河，我们很快就来到了高台民居。

高台民居位于喀什老城内地势最高的一条长达数百米的高崖上，维吾尔语名叫"阔孜其亚贝希巷"，意为高崖上的土陶。高台民居地势崎岖，人口密集，小巷纵横交错，巷内有很多百年历史的老宅。

我们沿着具有百年历史的砖石小路上行，穿梭于土墙木屋之间。夯土做成的墙屋，清一色的土黄。错落的宅院鳞次栉比，有些房屋墙壁出现裂缝，一些久经沧桑的房屋更是残缺不全。沿着长长的小巷漫游，一束束阳光透过木板搭成的天棚流淌下来。院落的墙头不时伸出鱼刺状的电视天线直指苍穹，杂乱的电线纠缠在一起，显示着这里的生活气息。

不少屋顶的平台和窗台上摆满了盛开的鲜花，为这土黄色的街巷增添了绚丽的色彩，如同少女灿烂的笑容，让人赏心悦目。

巷子曲径通幽，越走越窄，越走越暗，通往一个个虚掩着门的院子。

这时，从我们身旁走过一位体态丰满，头缠丝巾，穿着黑色长袍的中年大妈，她手挎一个小包，与旁边院落里的人家正悄声地说着什么。我赶紧掏出相机，将这画面定格。

临近中午，没有其他游客，小巷里偶尔跑过几个维吾尔族小朋友，他们用好奇的眼神回望一下我们，然后很快消失在巷弄里，不见踪影。日头高挂，走在历史的长河之中，透过头顶木板射来的光线，我好似看到了百年前手工艺人端坐院中精心制作陶艺的场景。土黄色的房屋加上破败的村落，我们仿佛穿越时空来到了几百年前的喀什做客。

几年前的高台民居还作为旅游景点接待游客的到访，但随着房屋的塌裂，这里已经作为危房正在维修，不再正式对外开放。我们走在这里，不自觉地放慢了脚步，压低了声音，怕打扰了这份安宁。

不知不觉间我们已经步出高台，来到了老城。老城明显比较热闹，维吾尔族大叔大妈走街串巷、小朋友嬉戏打闹，人群熙来攘往。街口处，手工陶艺品整齐地摆放在路边。当地人彬彬有礼，见到我们这些外地的游客不住地点头微笑。

维吾尔族人不仅善于经商，且能工巧匠也不在少数。许多深藏的小巷里面一排排的民居中都生活着技艺高超的手工艺人。许多院落门前摆放了一堆堆刚刚制作好的土坯和烧制好的瓶瓶罐罐，这些艺人用最原始的工具和精湛的手艺创作出精美的艺术品。

穿过古老的街巷，阳光洒在身穿维吾尔族服装的老人身上，安然祥和。越往小巷里走越是热闹，渐渐地我看出这好像是一个街市，狭窄的街道两边是各种卖工艺品的小商店，叫卖声此起彼伏。

集市外，我们远远地就看到了一座宏伟的清真寺——艾提尕尔清真寺。它是全国规模最大的清真寺之一，是一座具有浓郁民族风格和宗教色彩的伊斯兰教古建筑。

今天这里没有宗教仪式，广场空落落的，寺院里也异常安静。

来往的当地维吾尔族同胞和外地的游客，步履缓慢，表情平静，并没有来之前媒体渲染的那种紧张气氛。我们这些游客背着背包来来往往，不断变化着，不变的是喀什的维吾尔人，他们每日勤勉地做礼拜，守护着自己的家园。

随着对新疆的不断深入了解，我常感慨当地民众对宗教信仰的虔诚。他们的信仰根深蒂固，甚至是与生俱来，这是我们唯物主义者无法

体会和理解的。不了解这里的文化习俗，我们就很难理解他们是处于怎样的一种心理状态。

我们关注新疆的历史与文化，最重要的是要客观地了解本地人的生存状态和宗教信仰。只有充分认识了这里的地理环境和人文风情，不同民族才能够更好地和睦相处。

02 大门外边的事情

回青旅的路上，我们路过一家烤馕店，有一种烤肉馕看着很诱人，我就买了一个尝尝，既有羊肉的浓郁，又有馕的芳香，味道很不错。燕大侠却没有口福，她近几天来肠胃不适，想忌口不吃羊肉。

在新疆游荡了半个来月，见到的最普遍也最重要的主食就是"馕"。从城镇到乡村，遍布新疆各地的一个个馕坑喷吐出的是新疆人民对生活的质朴热情。行走在新疆大街上，随处可见不同式样、不同大小、不同口味的馕。我曾买到过大若锅盖的馕，也买过小如碗口的馕。我最喜欢的还是新鲜出炉的肉馕，热乎乎的馕咀嚼起来，满嘴散发着面粉的清香和羊肉的鲜香。

我们入住的青年旅舍离喀什城区大巴扎不远。"巴扎"是波斯语，即集市，意思是"大门外边的事情"。要想真正了解一个地方的民族特色、风土民情，一定要到集市看看。

吐曼河静静流淌，黄色的河水孕育了生机勃勃的喀什绿洲。一座铁索小吊桥横跨河面，通往不远处的高台民居。河边苇草茂盛地疯长着，一阵风吹来，苇草波浪般左右摇曳。阳光明媚，烈日照在身上，有种醉人的感觉，空气中可以嗅到干燥的味道。

我和燕大侠来到巴扎，映入眼帘的商品琳琅满目。

巴扎内的商铺分门别类地集中在一个个区域，卖的都是一些日常用品：服饰、小家电、锅碗瓢盆等。我们找到干果区，对大枣、葡萄干、巴旦木等新疆特产很有兴趣。

摊位前，满脸络腮胡须，头戴小花帽的维吾尔族大叔热情地招徕过往的顾客。

我们发现一个摊位前招徕顾客的是一位维吾尔族少年。他戴着白色的小花帽，高高的鼻梁、深眼窝，嘴唇上方已经留着稀疏的胡须，看上去少年老成。少年看到我们走来，热情地介绍自己摊位上的干果，还不时地用手抓出一把干果让我们仔细鉴别，动作干练、老成。他的年龄也就十五六岁的样子，看样子从小耳濡目染，继承了父辈们的经商之道。

新疆人有经商的传统，摆地摊卖羊肉串、干果、切糕的维吾尔族同胞在内地许多城市都可以见到，他们的祖先回纥人在唐代就有与内地通商的传统。后来，借助丝绸之路通道之便，加上勤劳的天赋，他们很快就成为连接东西世界的重要纽带。

我们在少年这里选购了一些干果，通过邮局寄回了家。

03 向着帕米尔进发

七月下旬，我们在一年中最好的季节，坐在商务车里飞驰在喀什到塔什库尔干平坦的柏油马路上。翠绿的白杨树耸立在国道两侧，枝繁叶茂，让我们很难想象即将迎接我们的是艰苦的帕米尔之行。

帕米尔高原最初并不在我们的计划之列，反而给我们带来了诸多惊喜。

来麦田的第一天，前台的小伙就问我们去不去帕米尔高原玩，两天的行程，每人400元。想想去一趟也好，一来在喀什多逗留几日做个调整，二来在此继续打听叶城到阿里的最新路况。

帕米尔高原，古代称葱岭，是自汉武帝以来开辟的丝绸之路的必经之地。"帕米尔"是塔吉克语，是"世界屋脊"的意思。

帕米尔，汉代之前称不周山。"不周山"的称谓最早见于《山海经·大荒西经》：西北海之外，大荒之隅，有山而不合，名曰不周负子。春秋战国时期的《淮南子·天文训》对"不周山"有更为神奇的描述：昔共工与颛顼争为帝，怒而触不周之山，天柱折，地维绝。天倾西北，故日月星辰移焉；地不满东南，故水潦尘埃归焉。诗人屈原在他的不朽著作《离骚》中就有"路不周以左转兮，指西海以为期"之句。

　　帕米尔是古代丝绸之路上最为艰险和神秘的一段。当地有一民谣：一二三雪封山，四五六雨淋头，七八九正好走，十冬腊月开头。七、八、九这三个月正是帕米尔高原之旅的黄金季节！

　　经过小镇，路边全是摆卖水果、百货的小摊。司机杜师傅让我们下车在此买东西，因为前面再没有可供补给的地方了。

　　杜师傅是一名退伍军人，为人敦厚热情，一路上不断给我们讲解当地的风土民情。

　　出喀什来到白沙山、白沙湖畔，杜师傅停下车，让我们下去游玩。蓝色的湖水边一座银色的沙山立在山岩旁，远远望去，干净平滑的细沙静静地躺着。我多想在那洁净的沙子上留下一串串脚印。

　　下午来到喀拉库勒湖边，天空蔚蓝，白云朵朵。湖水饱含着融化的高山雪水，湖面开阔，深不见底，焕发着孤寂而壮观的冷傲。美丽的雪山，蓝色的湖，相互衬托，相互映照。岸边枯黄的杂草随风摇摆，风卷云舒下的湖面倒映着五光十色的风景。

　　湖边的草地郁郁葱葱，豪爽的阳光洒满一地，羊群在慵懒地啃着草。在这里我们遇到了一个电影摄制组拍电影，名字居然叫《冰山下的来客》。

　　继续行驶，前方屹立着一座突兀的雪山，高高的金字塔形山体覆盖着皑皑白雪。威严而不失俊朗的慕士塔格峰，银甲披盖，在阳光照耀下，闪闪发光，炫人眼目。

　　著名的慕士塔格峰，其塔吉克语的意思为"冰山之父"，海拔7564米，是昆仑山脉的高峰之一，山顶终年覆盖着皑皑白雪，气势磅礴。天气晴朗时，我们可以清晰地看见慕士塔格峰高耸入云，如在眼前，那么近，那么亲切，仿佛触手可及。

　　柯尔克孜人的毡房和平顶石屋就散落在公路边。低矮的屋檐下坐着晒太阳的柯尔克孜人家，他们热情地向我们打招呼。尽管一句都听不懂，我们仍然兴致高涨地下车，走进房屋，参观他们的家园。

　　下午四五点终于来到了边境小城——塔什库尔干。

　　接近塔什库尔干县城，道路马上变得宽阔整洁，街上空无一人让道路显得更为空旷，两侧高高的路灯杆伫立在寂寞的街道上，更显得孤苦伶仃。

　　车辆拐进县城，人影攒动，渐渐热闹起来。这里处于中国的最西端，与北京时差接近四个小时。

　　进入县城，迎接我们的是一条干净、崭新的街道，两侧是笔直挺拔的白杨树，远处则是皑皑雪山。塔什库尔干是一座人烟稀少、风景如画的小县城。

　　塔什库尔干塔吉克自治县居住着塔吉克人。塔吉克人属于欧罗巴人种，大都是高鼻梁、深眼窝、棕色眼球。他们自称是"鹰的传人"，因为在世界之巅帕米尔高原如此恶劣的环境下能够生存下来的只有鹰和塔吉克人。他们使用一种用鹰骨做成的短笛，吹奏出像鹰叫似的曲调。那音调尖厉而高亢，在茫茫的高原雪地能传出很远。他们见面时的礼节更是具有异域风情：男人之间吻手，女人之间吻面。

　　时间还早，杜师傅开车带我们来到郊区的一块湿地。

　　这是一块专门开辟的广阔沼泽湿地，雪山流下的融水在这里汇成无数条小溪流经草甸，人工修建的木栈道纵横延伸到湿地深处。我们大呼小叫地来到草地，不断惊叹，犹如置身于油画中。

　　下午温煦的暖阳倾洒在草地上，空气清新湿润，零星的野花点缀在绿草间。草地上的牛羊悠悠地踱着步子低头吃草，时不时抬头四顾，不

远处一座古老的水车无声地转动着。远处的皑皑雪山映衬在绿草溪水中，就连天空中的白云都有种慵懒的华贵。凭栏眺望，近处草原氤氲，河流蜿蜒，牛羊点点，毡房星罗棋布；远处茫茫的雪峰间，苍鹰在空旷的河谷中翱翔。下午的高原小城，阳光充沛，水草丰美，让我们感到连

生活在这里的牛羊都是幸福的。

帕米尔高原的冬天异常漫长，夏季则稍纵即逝，这个季节的美无以言表，如同童话里的仙境。面对如此景色，我目瞪口呆。

路的另一边遗留着一座残垣断壁的石头城，它居高临下，俯临河谷。随着时光的流逝，石头城也只剩下高地上的内城，孤零零地耸立在废墟之上。这个相传修筑于南北朝时期的石头城，城垣以石为基，有些地方已经坍塌，但城门角楼还依稀可辨。城堡外残存着古时的石墙，随地势断续起伏。

塔什库尔干就是石头城的意思，得名于这个千年的石头城堡。

04 北纬37°

北纬37°是我们入住的青年旅舍的名字，这名字一听就让人充满幻想，北纬37°与喀什麦田青旅是同一个老板。

院子里有一个温室大棚，里面杂草丛生。老板随性，任草疯长。同样，旅舍洁白的墙壁上铺满了花花绿绿、来自天南海北的驴友的涂鸦，甚是醒目。青旅的涂鸦基本上可以当作一道亮丽的风景线。知名的青旅都会有着不同寻常的涂鸦墙。店老板对这些涂鸦的态度一律是：不以为耻，反以为荣。

据说旅舍的这个老板是个传奇人物，早年在南京做公务员，后来辞职来到新疆，分别在喀什和塔什库尔干开了青年旅舍。我们在喀什麦田青旅时没有见到老板，听说是赶着毛驴去了塔什库尔干。我们到塔什库尔干的时候，旅舍门口的树上拴着一头毛驴，正是老板花十天时间从喀什赶来的。

天空飘起了小雨，无声无息，晚饭后我们在边疆小城散步。县城中心的大屏幕上播放着老电影《冰山上的来客》，讲述着来自帕米尔高原的革命爱情故事。

回到房间，我拿出路上买的大西瓜，到厨房切成小块端出来，不管认识不认识的朋友都可以一起来分享。新疆有八大怪，其中一大怪就是"围着火炉吃西瓜"。这里夜晚气温骤降，我们穿着厚衣啃着西瓜，就差生炉子烤火了，别有一番趣味。

05 红其拉甫

第二天早餐后，我们在县城边防处开具了一张去口岸的通行证。为了防止我们一去不复返，每个人的身份证都被暂扣在边防处。一切停当，我们沿着中巴友谊路向红其拉甫进发。

路况很好，堪称样板路。高原的秋天来得早，草已泛黄，野花凋零。一路是漫漫的上坡路，海拔不断地升高。从县城出发，这一路行来，我们看到的都是荒芜的原野。可想而知古代的行者要穿越此地，是何其的孤独与悲壮！

这里留下了众多古丝绸之路遗迹，从残破的痕迹我们可以看出这里

曾经佛教盛行。

在西域广袤的疆土上，曾经"家家门前皆有佛塔"的佛教诸城被穆斯林征服后，佛教文化从此遭受了灭顶之灾。接下来的千年，人们逐渐改变信仰，接受真主的教诲。

途中，在塔什库尔干河边，有一座座土筑的小圆塔孤零零地耸立在碎石遍地的河滩边上，这是古丝绸之路上的驿站。塔吉克人称之为"巩拜孜"，是"圆顶房子"的意思。据说塔是空心的，大小与一间普通的房屋差不多，是当年丝绸之路上为往来的商旅和各国使者设置的类似于现在的宾馆的设施。

644年唐玄奘从印度取经归国就曾取道于此。他在《大唐西域记》中这样记载：

逾山越谷，经危履险，行七百余里，至波谜罗（pamir）川。东西千余里，南北百余里，狭隘之处，不逾十里。据两雪山间，故寒风凄劲，春夏飞雪，昼夜飘风。地咸卤，多砾石，播植树不滋，草木稀少，遂至空荒，绝无人至……

玄奘所提及的波谜罗就是现在的帕米尔，它雄踞在世界屋脊青藏高原的西北侧，由天山、昆仑山、喀喇昆仑山和兴都库什山四条山脉从四面盘旋而成。当年，马可波罗一行人进入新疆，这片高寒险峻的高原便是他们的必经之路。

《马可波罗游记》（冯承钧译本）上记载：

离此小国（哇罕，在今巴基斯坦境内）以后，向东南骑行三日，所过之地皆在山中。登之极高，致使人视其为世界最高之地。既至其巅，见一高原，中有一河。风景甚美，世界最良之牧场也。瘦马牧于是，十日可肥。其中饶有种种水禽，同野生绵羊。羊躯甚大，角长有六掌。牧人削此角为食盘，且有用作羊群夜宿之藩篱者。此高原名称帕米尔（pamir），骑行其上，亘十二日，不见草木人烟，仅见荒原，所以行人必须携带其所需之物。

其地甚高，而且甚寒，行人不见飞鸟。寒冷既剧，燃火无光。所感之热不及他处，烤煮食物亦不易熟。

平坦的柏油路向前不断延伸，路的右边出现了岔道向西而去。岔道上布满了大大小小的沙砾，似乎少有游人到访。从这里翻过前面的明铁盖达坂就到了阿富汗境内。

透过车窗，我凝望着赤裸的河床以及远处逶迤的山体，灰蒙蒙的天空笼罩苍穹。

天空阴沉，乌云密布，荒凉的原野上凉风朔朔。半路上，开始下起雨来，灰暗的苍穹中翱翔的孤鹰展开巨大的双翅低空盘旋、滑翔。

不知什么时候，飘落在汽车前挡风玻璃上的雨水开始变成了一朵朵雪花，车厢内大家顿时欢呼起来。

两侧的车窗上也飘落了一些雪花，一会便消融在车窗玻璃上，变成雨水歪歪扭扭顺着玻璃向下流淌，留下一条曼妙的痕迹。

把车窗打开，瞬间阴冷的空气夹杂着片片雪花往鼻孔、衣领里钻，车窗内的空气顿时清新许多，之前因高原反应而变得深重的呼吸和阵阵

胸闷也得到了很大的缓解。

我们赶紧让司机停车，想要下车感受一下帕米尔高原上的雪花。我们都没有厚衣服，在车外逗留了片刻就抵挡不住寒气。漫天的雪花影响视野，白茫茫一片，路边的山坡上，羊群在风雪中依然漫着步。

七月飞雪啊，我们是幸运的游客，目睹了这么难得的画面。想想此时远在万里的南方正是炎炎酷暑，而这里却雪花纷飞，让人已经嗅到了冬天的味道，我们不得不感叹大自然的神奇。

来到红其拉甫边防哨所，路边两个崭新的院落飘扬着国旗，前方一个路障挡住了去路。

红其拉甫，赫赫有名，号称中国海拔最高的边防站，守卫着中国和巴基斯坦边境，据说早期春晚的拜年贺电中都会出现红其拉甫边防官兵的祝福。

这里是前哨班，再往前五公里左右就是红其拉甫口岸了。官兵拦下了我们的车辆，让我们下车在此拍拍照，逗留一会就回去。

最终通过杜师傅的人脉，我们顺利地过了关卡，来到了国境最前沿。

天空阴沉灰暗，群山下的国门庄严高大，最后的几十米需下车步行。

柏油路一直修到界碑处，界碑的后面就是巴基斯坦了，那边碎石遍地，两边的差距显而易见。

阴霾的天空再次飘起朵朵雪花，对面的高山雪雾缭绕。在红其拉甫边境口岸，我们看到的依然是满目荒凉的万重高山。透迤延伸的山路伸向大山深处，消失在巴基斯坦这个神秘的国度。

我们抓紧时间留影拍照。这时，巴基斯坦方向驶来一辆摩托车，下来两名头戴贝雷帽、身穿巴基斯坦军装的士兵。即使在如此阴暗的天气下，两位黑脸膛、高鼻梁的巴基斯坦大兵依然很有型地戴着墨镜，让你

无法洞察他们的内心深处。

我们一阵欢呼，连拉带扯地和巴基斯坦大兵合影。对方应该常来串门，遇事不惊，从容淡定，很友好地露出八颗牙齿和我们一一留影。

军事重地不能久留，我们留下国门在身后，迅速下撤。

06 麦田里的年轻人

回到喀什，又在麦田青旅住了几日，始终没有搞清楚这里有几个服务员。

这里的工作人员几乎都是年轻人，个别好像在喀什还有其他工作，只是晚上来这里兼职打工。

麦田青旅的游客走了一拨，又来一拨，每天都充满了青春的朝气。

晚上，燕大侠在角落的厨房饶有兴趣地做着晚餐，地方太小，我不便插手。这个估计在家很少做饭的姑娘，不知道哪根神经错乱，想要在这里大显身手。

我来到大厅的一角，随手拿起一本旅游杂志翻看，几个驴友在看电视聊天。来到这里的游客人人都有故事可以讲。

夜色降临，远处的高楼霓虹灯闪烁，灯光点缀的巨型摩天轮在黑暗中异常醒目，与不远处土灰色的高台旧城形成强烈反差。这就是传说中"白天像中东，晚上像浦东"的喀什一景。我站在麦田青旅宽大的落地玻璃窗前，观看这一览无遗的独特景象。

青旅的大厅夜晚总是热闹非凡。黑夜来临，这些驴友仍像夜行的猫头鹰一样精神十足。他们常常三五成群地聚在一起，或促膝长谈，或推杯换盏。

人们出游的目的各有不同。有的人出走只是为了暂时忘却过去，忘却曾经生活的环境和发生过的故事，只是一味地走出去，走出生活的阴影和不快，寻找未来的自己。

人的一生很短暂，总要出去走走。远离故土的旅程，实际上也是远离束缚的过程，这束缚不是别人给予的，而是自己内心的。在旅途中走过万水千山，体验世态炎凉，只有慢慢地忘掉担忧、恐惧和孤独，才能接近旅行的本质。

"你们这里怎么做沙发客啊？"吃过燕大侠做的晚餐，我坐到前台的椅子上好奇地问柜台后面的一位短头发姑娘。

"你得干活，晚上才可以免费睡沙发。"

后来才知道，她其实也是沙发客，是一所高校大三的学生，6月初就出来了，一路游逛到这里。放假了，老爸老妈好话说了千遍就是不愿回去。结果，一怒之下，老爸老妈采取非暴力不合作的方式，将宝贝女儿的银行卡冻结，以为就此可以了断她在外游荡的念头。谁知，小姑娘以打工换食宿的方式继续浪迹在外。

"你们放假怎么这么早啊？我们学校7月初才放假！"

"我们考试早，我又办了缓考手续，就跑出来了。"

我听后无语，出来玩也不能这样啊。

从帕米尔高原回来后，房间又住进三个广东人，一男两女。其中一个是小女孩，准备上初中，男的是她爸爸，佛山人。佛山爸爸从女儿小学二年级暑假就开始带她出来游玩，想必已经去过很多地方了。另一个姑娘是个在校生，一个人从广州跑来新疆游玩。

我来到大厅准备切西瓜，这位姑娘跟在我后面说："你很像我一个老师。"

我微微一愣，直截了当地问道："你是华师的学生？"

"是啊。你真是赵老师啊！"

在这里居然碰到了我的学生。原来她是文学院的学生，之前选过我的一门课程，现在居然一个人跑来新疆了，她在吐鲁番逗留期间，还帮着当地的维吾尔族瓜农在街上卖西瓜。我只能感慨这个世界太小。

在我的那门课上，许多学生都踌躇满志地准备着假期的长途旅行。但是，我知道真正能够出发的人并不多。许多人顾虑重重，可以找出一万个理由让自己待在原地。其实，出发，一个理由就够了。

07 完美的搭车体验

从喀什先去叶城，再从叶城沿219国道进入西藏阿里地区，一路将翻越多处海拔5000多米的达坂，气候恶劣，道路崎岖坎坷，真正考验我们的时刻就要到了。

219国道颠覆了我们常人对国道的所有认识。从叶城到狮泉河1000多公里的路面，其中将近800公里都是烂泥路、碎石路、沙尘路和搓板路。总之，你想得到、想不到的路况这里应有尽有。此国道山高路险，多有翻车事故发生。

今年适逢 219 国道翻修，由于过于艰险，工程一再推后，据说年底要通车，现在修路工人正加班加点地铺路架桥。

叶城到狮泉河本来开通了班车，是西藏藏羚羊运输公司的班车，听说因为去年在新藏线上发生翻车事故，死了很多人，所以这条线路停运了。现在往来两地只能搭顺风车或包车。

从库车一路过来，一直忙着找人打听 219 国道的状况，听说因为修路有限行管制的可能性。从塔县回来时，司机杜师傅从边防武警处打听到的消息是，8 月 1 日至 10 日进行交通管制，一切车辆不给通行。这个消息无疑是晴天霹雳，让人无法接受。

联系到广州同学成江，托他在叶城挂职的同事打听国道通行的情况。后来被告知说 5 座以下的车辆禁止通行，大车限行。还说，我们要坐车从 219 国道入藏，只能选择性能好的越野车。

在伊宁我已打听过，这种包车费用要 2 万，乘坐 4 人，也就是每人要 5000 元，而这仅仅是交通费用，还没有包含沿途的食宿费用。

前途未卜，我和燕大侠硬着头皮背上行囊，打算到叶城碰碰运气。

从喀什到叶城 360 公里，有班车来往。我和燕大侠商量，入藏前的最后这一段干脆搭顺风车过去。

顶着烈日，我们在无遮无挡、烟尘滚滚的喀什郊外路边等车。车辆来往还是挺多，以小汽车和大货车为主。我们的目标是挂新 R 牌照的和田大货车，结果拦了几辆都说不去叶城。后来我们改变了策略，心想不一定非要一站式到叶城，可以分段搭车啊。

策略一变，效果立竿见影。我们很快拦下一辆大货车，高高的驾驶室副驾驶座上探出一个头来。他们只到前方的英吉沙，我们可以先到那里再拦车。驾驶室内不能超员，只能搭一人上去。看到驾驶室两位维吾尔族大哥虎背熊腰、相貌彪悍，燕大侠便让我上车，她再拦其他车。

我麻利地爬上货车斗，将背包背带扣在栏杆上，然后钻进了驾驶室。在上车的一瞬间，看着留在路边孤零零的燕大侠，

我突然有点伤感。和燕大侠一路艰险走来，荣辱共享，还没有分开过，想想后面的路程更加险恶，也很可能要分开搭车入藏，心情有点沉重。

货车慢慢悠悠地上路了，由于载货太重，速度一直提不上去。两位维吾尔族司机虽然面相凶悍，其实心地善良，还给我水喝。我坐在中间，和维吾尔族大哥有一句没一句地搭讪。由于语言不通，交流起来相当费力。

通往英吉沙的道路两旁，很快就出现了荒漠，苍凉一片。快进入英吉沙地段的路面正在修路，到处尘土飞扬。一个小时后，我在漫天飞舞的尘土中进入了英吉沙小镇。

这时燕大侠的电话打了进来，她也已经到了英吉沙，在汽车站。

原来，我坐上车不久，燕大侠也拦了辆到英吉沙的货车。车上是两个维吾尔族小伙子，交谈甚欢，车况又好，所以车速较快。在车上，小伙子还拿出羊肉包子让燕大侠吃，可惜燕大侠食欲一般，只能强忍着吃下去一个。看到副驾驶也在吃包子，燕大侠就问现在不是正在封斋吗？小伙子不好意思地说，饿得实在受不了。是啊，白天十几个小时不让进食，还不能喝水，常人很难忍受得了。

我们接着拦车。没过几分钟，我们身边停下一辆越野车，车窗摇下，问我们去哪，我们赶紧说去叶城。司机很爽快，下车打开后车门让我们把行李放入车中。

这是一辆新疆天然气勘探公司的车，刚送完一个领导公务出差。车上还有两位大哥，其中一位来自东北，坐在副驾驶位置。

车刚开出不久就在路边一处卖刀具的商店停下了。英吉沙的手工刀具驰名中外，很多游客在此都会停留选购。东北大哥显然是个行家，想买把刀带回去，最后他挑选了一把匕首，80元成交。我不懂刀，只是看其外观精美，刀刃锋利，看得我心痒痒的。可惜路上关卡太多，不能随身携带。

车上高速路驶入戈壁滩，道路两旁荒无人烟，如同月球表面。

两三个小时后，我们在一个路口下车，司机说这里离叶城只有 36 公里，经此过去的车都路过叶城。

路边是一排排整齐的白杨树，树叶随风沙沙作响，像是迎接我们艰苦跋涉后的到来。离目的地不远了，我们安心地站在路边等车。

期间我们拦过三轮车、毛驴车和小货车，可惜都要收些费用，我们只能婉言谢绝。

远远地看到一辆越野车驶来，我赶紧提醒燕大侠做好拦车准备。我们前后间隔几米，都伸出右手拦车。车驶了过去，犹豫不决，我和燕大侠执着地一直伸着右手没有放下，越野车驶出去十几米远最终还是停下了。

我们坐上了这辆越野车，最终来到了叶城。

这次搭车经历应该说还是比较顺利的，除了最后一段的搭车等候的时间花了半个多小时，其他两段路都很快拦到了车。在那拉提青旅时，多人间里有一位学生从武汉一路搭车到新疆。他告诉我，搭车其实并不难，最重要的是一定要有耐心。

第二章　车行新藏线

Tourists don't know where they've been, travelers don't know where they're going.

——Paul Theroux

01 叶城零公里

我们在叶城汽车站下车，在武警边防大队附近找到了住处。

我们背包沿着街道行走，像所有的小县城一样，这里灰尘当街，扑面而来。维吾尔族大叔戴着四方帽赶着装饰有维吾尔族风格顶棚的毛驴车，一颠一颠地在马路上行驶。毛驴车是这里的一景，担当着出租车的角色，给洒满阳光的街头增添了独特的闲适与异域的风情。

叶城，这个名字听起来很内地化的小县城因新藏线而出名，新藏线的起点零公里处就在这里。由于外来务工人员较多，我们在大街上见到的汉族人比维吾尔族人都多。这里维吾尔族风格的建筑也很少了。

我们现在最紧急的任务就是赶去阿里驻叶城办事处，看看那里是否有车辆进藏。

阿里办事处在叶城的新城区，马路两边两三层高的楼房林立，部分楼房已经是藏式风格，这里离老城区大概7公里左右。由于所有的车辆进阿里都要由此经过，所以此处餐饮业比较发达，酒吧、歌厅的招牌看上去不伦不类，有点滑稽。

下车找到一个大院，门前有几家修车铺。大院里笔直的道路两旁白杨树枝繁叶茂，路边一块块的自留地里种着蔬菜和瓜果，充满了田园风情。

院中有院，在一个很隐蔽的地方，我们终于看到了阿里办事处的招牌。

第一个房间开着门，里面传出说话的声音。

"请问，这几天有去阿里的货车吗？我们想搭车过去。"在门口，我隔着敞开着的门向里面的人询问。

"现在这里不负责联系车了。你们想去阿里，到大门口那里问吧。"一位工作人员不耐烦地打发我们。

看来只有靠自己了。

小院门前不远的路口，有几间活动板房，板房门前堆满了废旧的汽车轮胎。这是一个补轮胎铺，旁边停着两辆货车，一对中年夫妻在忙着拆装轮胎。

能在这里生存下来，肯定有来路。我快步上前，礼貌地问道："老乡，这几天有车去阿里吗？"

"你们要上山啊？"精瘦的中年男子把去阿里说成上山。

"是，是，我们要上山。"

"这两辆车不去。这段时间上山不容易啊，在修路。"

正当我有点失落之时，他身旁的媳妇说："可以帮你问问。"说着拿出手机就打电话。

电话暂时没有打通，我和燕大侠抓住这最后的希望，留下来和他们聊天。

"你们是中国人不？"

"当然是。我是河南人，她是广东人。要不我说两句家乡话？"

"不用了。主要是现在上面有规定不让拉老外。怕麻烦。"

这我知道，今年禁止外国游客单独进入新疆、西藏，外国游客只能通过旅行社的形式跟团前来观光。

电话终于打通了，老乡说，有一辆油罐车明天就走，去阿里的札达县，司机是河南人，可以拉两个人。我和燕大侠一阵惊喜，老天开眼啊。

长途货车多为两个司机轮换开车，避免疲劳驾车，同时也免去一个人寂寞。本以为我们两人要分开搭车，担心一路险恶，燕大侠一个刚大学毕业一年的女生夹在两个男司机中，行动多有不便。如果搭上维吾尔族司机的车，交流起来就更麻烦。

没想到这次搭车居然联系了个汉族司机，一个人跑车，还是老乡。补轮胎的男子让我们留下电话就回去，那哪成啊，我们必须当面落实好这事，避免煮熟的鸭子飞了。这一路需要搭车入藏的游客太多，必须和司机谈好。

河南老乡说好一会就过来，我们却足足等了一个多小时。这位老乡满嘴跑火车的特点后来一路上我们是充分领教了。

闲来无事，看着四川老乡娴熟地忙活着。翻修轮胎看似是个体力活，其实也是个技术活。望着门前堆得像小山一样的废轮胎，就知道老乡在这里已经闯荡多年。

这几年我走南闯北，遇到最多的外地人就是河南人和四川人，无论在多么艰苦的环境下都能见到他们的身影。他们勤勤恳恳，任劳任怨，只求有一个安身之地平平安安地生活。

油罐车裹着滚滚烟尘横行霸道地开了进来。

司机姓曹，中年人，满嘴的口头禅，与补胎的哥们一见面就开始互相问候对方的老母亲。

"大概几天能够到阿里？"我问道。

"你也别催！不好说，也许几天，也许一个星期。那要看路况和天气。"

我无话可说，听天由命吧。幸好我们为这段路多预留了几天的时间。

天色不早，我直截了当进入主题，询问车费。最后看在老乡的分上，我们以1000块成交。

"先交 500 块定金。"

"我带的钱不够，先给 300 吧。"我多了个心眼，少交一点是一点。虽说是老乡，但还没上车就交 500 块，还没有凭据，万一明天他开车跑了，或者拉了别人，我们岂不傻了。

从叶城到阿里的搭车费用通常是 500 块或 600 块。燕大侠在喀什麦田青旅曾和一女驴友聊天，对方从西藏阿里过来，搭了辆维吾尔族司机的货车，最后只给了 200 块。我不奢望也能以这么低廉的价格成交，只要不是最高的价格就行。我也就偶尔用用苦肉计，说自己是穷学生，以博得对方的同情，来换来少许的优惠。对于一些女性，施展一下美人计或许管用。

"怎么住宿啊？"其实，这个问题的意思是，司机的食宿是不是我们负责。

"路上有旅店，到时给你们找旅店住，我就住东风宾馆。"

"东风宾馆？"我和燕大侠一脸的疑惑。

"哈哈，就是东风大卡车的驾驶室啊！"司机和补胎夫妻都开心地笑了。

这些生活在社会底层的劳动人民也许没有太多的文化，但艰苦的生活没有打倒他们，反而让他们以乐观的心态来对待生活中的艰辛。

按老乡的交代，我们当晚去超市购买了葡萄糖冲剂和其他一些路上吃的食物，没有买到止疼片。想到司机抽烟，我随手买了两包香烟。后来在路上才发现，老乡抽烟太猛，一天两包烟根本就不够抽。是啊，独自一人开车跑新藏线，抽烟是提神、解闷的最好良药。

02 千里之行始于叶城

走出旅店，外面飘着小雨，阴沉沉的天空透着阴冷的湿气。我穿上厚衣服，准备迎接未知的旅途。

我们百无聊赖地坐在邮政所的椅子上看着前来办理业务的人流，等待油罐车的到来。

这天好像是工地发工资的日子，满身污垢、头发蓬松的农民工进进出出，不是存钱就是汇钱，一个个从口袋里将辛苦挣来的血汗钱交给业务员。西部机会多，只要肯辛勤劳动，挣钱养活自己不是问题。

我一遍遍地走出邮政所，向街道上张望，盼着油罐车到来。中间给

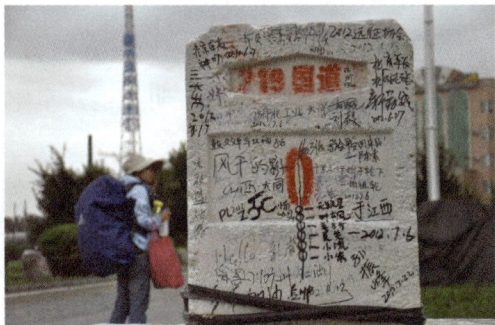

司机打过几次电话，无人接听。小雨不知何时停了，天空阴沉，前途未卜。

"赵老师，你淡定点好不好，不用总是到外面张望。"

"只有上了车我才能安心啊！"

说好的上午九点，我和燕大侠在零公里界碑路口的邮政所处等候上车，最后竟然等了三个小时车才来。

油罐车来到邮政所门前，本以为可以出发了，结果车又停在路边还要装货。司机曹师傅忙前忙后，不停指挥着向油罐车顶上装化肥、水果，不浪费上面的一丁点空间。敢情这油罐车不仅拉油，还帮忙拉货啊。

趁这个空当，我们也补充一些物资。见老乡提着一袋子馕回来，我也如法炮制。在新疆，馕可是个好东西啊，不仅携带方便，还耐保存。

车终于上路了，我长出一口气，彪悍的旅程开始了。

我向朋友成江发去短信，告知我们已经坐上油罐车顺利上路了。一直以来的打扰我还是要表示一些歉意和谢意。

很快，朋友回复：真佩服你，向你致敬。寥寥几个字，个中艰辛只有我们最清楚。

我曾半开玩笑地对燕大侠说过，这次搭车走新藏线到阿里，回去就有吹嘘的本钱了。

笨重的油罐车晃晃悠悠地上路了，坐在高高的驾驶室里，我居高临下检阅着窗外的景色。寸草不生的戈壁和远处荒芜的山峦尽收眼底。只是这辆东风车不够威武，已经旧到接近"退休"的年龄了。昨天第一眼见到这辆车时，我就在心里犯嘀咕，不会半路坏在路上吧？后来得知，燕大侠也有此担忧。

车跑不起来，上了岁数的东风大卡车速度始终加不上去。换挡时，司机的动作着实吓了我一跳。由于挡位不够灵活，换挡时，曹师傅右手掌要运足了力猛击手柄，一次还不一定到位。有时，甚至要站起身来，借助身体的重量才能完成换挡，看得我心惊胆战。

一个多小时后，我们来到检查站，测车辆是否超载。曹师傅让我们下车走过去，以减轻超载负荷。检查出车辆超载需罚款时，曹师傅也不纠缠，乖乖地交钱走人。看来检查站和过往货车司机早就达成了某种默契。

经过一个村镇，曹师傅要下车吃饭。封斋日还没有过完，哪有饭吃啊。维吾尔族人饭馆里只有冰箱里放着的几块牛羊肉，我们也不计较，端出来冰凉着只管下咽。

03 车行新藏线第一天

曹师傅是典型的河南人，完全配得上"中国的吉普赛人"这个称谓。别的司机在险恶的新藏线上跑运输，常常是两个人结伴而行，而他却独来独往。开车时曹师傅一脸严肃样，凝重的脸上堆满了苦大仇深的表情。我知道，恶劣的气候加上险峻的山路，让曹师傅养成了一丝不苟、谨慎驾驶的良好习惯。

这条线路曹师傅跑了十几年，别的司机受不了这份罪，早就改走其他线路了。如今，曹师傅早已习惯一个人开车行驶在旷野之中。这里的沟沟坎坎、达坂荒漠，哪些路段险恶、哪些路段平坦，他早已烂熟于胸。

曹师傅家在叶城，而车是挂靠在阿里札达县的一家运输公司，专门往阿里地区的札达县运油。札达是个好地方，说它好并不是说那里山清水秀，适宜人类居住，而是因为那里有几个名胜古迹，札达土林、古堡赫赫有名。可惜，这次没有时间去游逛了。

出叶城百公里后开始进入山区，要翻越第一座达坂。曹师傅凝神贯注，专心驾驶。别看曹师傅满嘴的口头禅，说话大大咧咧，但开起车来，异常认真专注，简直判若两人。

驾驶室里弥漫着烟草的味道。曹师傅一路上不停地抽烟，常年行驶在气候恶劣、路况凶险的新藏线上，香烟是他完全依赖的精神寄托。我想象着他无数次独守在寒冷的驾驶室里，口叼香烟日复一日地阅尽熹微黎明和沉沉日暮。

进入山区，前面有辆油罐车在等候，司机是一个年轻的湖南小伙子。这样很好，路上有个照应。

追上了前面的油罐车，两辆车一前一后不紧不慢地开着。车到山顶，曹师傅下车检查刹车性能，却见油罐顶部的气阀在噗噗地漏油。这是由于在叶城装的汽油太满，油罐里的压力太大。湖南司机说要松一下上面的螺丝来缓解大气压，曹师傅依言操作，可不见好转。

湖南司机催促赶紧下山："这里气压太低，再不下山，我的油罐也要漏油了。"

他们跑一趟车不容易，有时一两个星期才跑一趟，所以运油车常常装得很满。一些油是半路修路的工地要的，也有拉私活的一份在里面，这样司机可以多赚点外快。

傍晚时，天空下起了小雨，驾驶室内迅速飘进了来自荒漠高原上湿润的寒气。我打着冷战，在伴随身体猛烈颤抖释放热量时，顿感惬意。

曹师傅的油罐车气刹不灵，因此只能用脚刹车一点点地控制下山的速度。真好似上山如蜗行，下山如龟爬。

天完全漆黑，雨越下越大，昏黄的车灯照亮着前方不远处，指引着我们驶向更遥远的黑暗。我们的大车就是在这漫漫黑暗中顺着路喘着气前行，笨重得像一头老牛。

黑暗中，我睁大双眼，努力辨认车外的道路。

风雨中，终于盼到了前方村庄里微弱的灯光，库地到了。

这里两边房屋林立，都是饭馆，是长途大货车停车吃饭的地方。

本以为吃完饭就要安顿住下，结果曹师傅却说要继续行车，他们要开到下一个点再停车休息。

黑夜将我们再次包围，四周漆黑一片，深不可测，困意随着寒意也渐渐袭来。曹师傅让我在身后的卧铺上拿一床被子盖在腿上和身上保暖，燕大侠靠在座位靠背上睡去，我有一句没一句地陪着曹师傅聊天。

我们置身于无边的黑暗之中，只有车灯的光亮照耀前方几米的道路。曹师傅将车载 mp3 音量调得很大，以此来驱赶寂寞。

我们就这样驶入无边的黑夜里。耳边响着的汽车发动机的轰鸣声在这寂静的荒郊野外听起来让人心生恐惧。

慢慢地我也支撑不住，在晃晃悠悠的车厢内渐渐睡去。半夜，迷迷糊糊感觉车停了下来，伴随着敲打车门的声音，我听到湖南司机说停车睡觉，曹师傅爬到座位后面的卧铺躺下就睡。

04 车行新藏线第二天

黎明时分，又是湖南司机敲门大喊上路了。雨不知什么时候停了，在这个荒郊野外，一晚都蜷缩在车座里，我和燕大侠都睡得腰酸背痛、头昏脑涨。

天光大亮，我才看清，车是沿着正在翻修的公路行驶。公路还没有铺沥青，白天不让车辆通过。这些大货车司机就在黑夜的掩护下，趁着筑路工人还在熟睡中借道驾车前行。

好景不长，路中间停着的一辆推土机挡住了去路，唯一的办法就是从路基下的碎石河滩上驶过去。可是曹师傅担心昨晚下过雨的地面积水太深，怕车陷进去出不来。

终于等到对面的车辆过来，曹师傅才放心地驾驶着庞大的油罐车晃晃悠悠地沿着前车之辙行驶。路面坑坑洼洼，到处是车辆驶过留下的车痕。

又要开始爬坡了，意味着又是一个达坂。太阳出来了，天空经过一夜的洗刷，蔚蓝得可以滴出水来。远处的山坡上还有尚未融化的积雪，昨晚一定是刚下过雪。

油罐车像个风烛残年的老妇人，沿着盘山公路喘着粗气蹒跚地行驶着。狭窄的山路，泥泞而曲折。透过后视镜，我看到油罐车在颠簸的路面上歪歪扭扭地前行。

路延伸到远方，被大山阻挡。

油罐车不紧不慢地行驶着。在停车休息时，我从驾驶室出来，想透透气，呼吸一下野外的空气，活动一下麻木的双腿。

寒冷的山风穿透单薄的衣物，我顿时感觉到刺骨的寒冷。我忍着严

寒，迫不及待地深呼吸。环顾四周被白雪覆盖的群山，丝带一般的国道蜿蜒消失在群山之间。湛蓝的天空白云朵朵，一尘不染，蓝得有点不真实。我从小溪中捧起水洗了一把脸，想唤醒昏沉的大脑，刺骨的冰凉顿时让我清醒了不少。

七月的雪山，艳阳之下，呼吸着清新的空气，抬头瞻仰大自然的威严与宁静，我体会到了生命的渺小和脆弱。

这是我行走新疆印象最深刻的场景，在艰苦的环境下，我满怀敬畏之心触摸大地之美。

路是在山腰上开凿出来的，年久失修，破烂不堪，加上刚下过雨雪，道路泥泞湿滑。曹师傅全神贯注地盯着前方道路，一脸严肃。路上我们就已经看到一些冒失的司机将车开到山坡下，车毁人亡；或翻倒在路基边，货物散了一地。看着寂静的山谷，我胸中充满了壮烈的情怀。

下坡途中，曹师傅停车，要为刹车片冷却降温，防止刹车失灵。我也下车帮忙，从水沟中一桶桶地提水。曹师傅将水泼洒在刹车片上，刹车片立刻发出"吱吱"的声响，同时升腾起阵阵白雾。

薄雾下的旷野广袤无边，给我们呈现出梦幻般的境界。

傍晚时分，我们到达了一个重要的中转站——三十里营房。

三十里营房在新藏线上算是比较大的村镇了。此去叶城330公里，简化而取名三十里营房。道路两边都是低矮的瓦房，多是饭馆、修车店，瓦房前开阔的地面上停满了大货车。这里还有一个兵站，好像规模很大。当年中印边境发生战事时，许多牺牲的战士就安葬在这里。

我们进入一家川菜馆，司机和老板似乎很熟。经过一路的奔波，我想吃点便于消化的饭，就点了一碗汤面。两位司机则点了小菜下酒，看样子要在此停车住宿了。服务员从厨房撩开布帘而出，那装扮吓了我一跳。黑色的丝袜搭配短短的迷你裙，紧身的上衣把胸部衬托得汹涌澎湃。这明明就是一个风尘女子嘛，只是身材有点走样。

当晚不再睡驾驶室，曹师傅给我们安排了一个双人间。房间里除了两张床和一个小床头柜之外空空如也。

05 车行新藏线第三天

早上吃过早餐，开始第三天的行程。叶城到三十里营房才行驶了三百多公里，还不到路程的三分之一，任重而道远。

驶过路边一排排的房屋，我们在兵站处接受例行检查放行后继续前行。

出了三十里营房，眼前豁然开阔，满眼的黄沙和尘土，两边全是灰暗的山体。"昆仑铁拳"的字样和坦克图形刻在远处的山坡上，预示着这里暗藏杀机。

曹师傅说，有时赶上解放军野外实弹演习，此处就要封闭，禁止任何无关车辆、闲杂人员通过。远处，我们还时不时能够看到地面上标有

数字的目标靶位。

这一路单调而漫长。我已习惯了窗外的大地柔韧而苍茫的高低起伏，一望无垠。

在戈壁滩上，路越来越不像路，没有路基，没有车辙，又到处都是车

辙，杂乱无章，遍地黄土，车辆驶过，尘烟滚滚。曹师傅说，坐车走这段路，肚子只能吃八成饱，吃太饱会颠得难受。这一路驶来，还遇到顺风。汽车驶过，卷起的烟尘并没有向后飘散，而是一直围绕着我们，径直往驾驶室里钻。

路途因为坎坷而变得无比漫长。

修路工人中开始出现身穿藏袍的藏族同胞了。肮脏的衣袍、沾满尘土的脸、佝偻的身躯，都凸显着这里恶劣的气候和艰苦的生活。车辆驶过，他们很友善地挥手示意。

这两天在路上我们也陆续见到骑行新藏线的车手，骑行的人数超过了我的想象。前几年，骑行新藏线的车手并不多，要带帐篷、防潮垫、睡袋，甚至路上做饭的家伙也要带上。这两年由于修路，中间许多路段都有施工队的工棚可以借宿，这样大大降低了骑行的难度。

早在 2007 年我第一次骑车远行，在网站上看别人写的骑行游记时，就已经留意到新藏线了。那崎岖的山路、荒凉的野外、没有人烟的戈壁、根本辨不出路的碎石车痕，看得我心潮澎湃、热血沸腾。这才是勇

者的道路。一些骑行新藏线的哥们，一路下来，经历紫外线暴晒、高原反应、虚脱浮肿，搞得人面目全非，却都犹如勇士。

看到骑行的车手，燕大侠会探出头来大喊加油，给他们打气助威。我们都有过这样的骑行经历，都深有感触，路上陌生人的一句鼓励的话语都会给本已疲惫的身躯重新注入动力。

"这些骑车的人都是吃饱了撑的，没事干！"

曹师傅显然对骑行者不屑一顾，他无法明白为什么有这么多的人长途骑行，他也无法理解人除了吃饱穿暖之外还会有更高的精神追求。

对于曹师傅的态度，我们也不计较。

天空晴朗，空气干燥，车外尘烟四起。车窗紧闭，但还是挡不住呛鼻的灰尘钻入。我用魔术方巾挡住鼻孔，避免吸入过多的尘土。

中午温度很高，曹师傅开始脱去外套，着短袖上阵。

我不得不暗暗敬佩这个河南老乡，他风里来雨里去地在这条路上跑了十几年，竟毫发无损。他妻子已过世，儿女也已成人，也许是牵挂较少的缘故吧，所以他一直在这条线上奔波。他心情开朗，只是口头禅太多。这几天，我看得出，碍着有燕大侠这位女生在，他已经尽量忍着少说了。

下午开到红柳滩时，一条横杆拦住了去路，旁边牌子上写着"检疫消毒"字样。

曹师傅停车缴费，一个小伙子拿着一个喷壶出来，对着大卡车的两个前轮喷了几下就放行了。我都疑惑，这壶里不知道是药还是路边沟里的水。

红柳滩有边防检查。我们三人下车拿着身份证和边防证进入路边的检查站。透明的玻璃门上贴着"禁止吸烟"的字样，可推门进去，烟味扑鼻，里面的武警战士正在柜台后面吞云吐雾。我们规规矩矩地将证件呈上。一名武警战士一个一个翻开检查后，毫不客气地随手将证件扔给了坐在旁边的人员。旁边穿警察制服的人员对着电脑核对了一番，同样是将证件扔到了柜台上。我们拿好证件走出检查站。

我感到一阵悲凉，这就是我们的人民子弟兵？这就是我们纪律严明、作风硬朗的威武之师？对待我们像对待逃犯似的！也许是当值的士兵心情不好，也许是因为长期执勤在这个鸟不拉屎的地方，他们渐渐地产生了一定的情绪。后来我们到达了西藏山南地区的普玛江塘小学，却和那里的边防武警战士相处得很融洽。他们热情好客，待人和善，是真正的人民子弟兵。

车辆驶进红柳滩，停车吃饭。这是一个不大的小镇，房屋临路而建，服务来往的大货车司机。经过刚才的检查，心情不好，只想吃完饭赶紧离开这个地方。

晚上曹师傅没有休息，一路靠着几罐红牛支撑着，只是在凌晨停下了车，躺在后面休息了几个小时。

这一天，我们走过沟沟坎坎，走过茫茫戈壁。我知道，车轮下碾过的虽是寂寞的旷野，但那卷起的尘沙一定饱含了一段段喧嚣的历史，并注定会孕育出精彩的西行篇章。

06 车行新藏线第四天

驾驶室真不是睡觉的好地方。天亮后，我昏昏沉沉地坐起，打开车门准备下车撒尿，脚一落地，身体晃晃悠悠，头重脚轻，有种飘的感觉。举目望去，茫茫尘埃，又是一片不见绿色的戈壁。

由于睡眠不好，我身体后仰，头靠着座椅后背，准备闭上眼睛眯一会儿。曹师傅看我这个状态，赶紧用手猛拍我的大腿："唉唉，醒醒，不能睡！"

在曹师傅的一再提醒下，我强迫自己打起精神。

　　寒气中，旭日的霞光刺破厚重的云层和朦胧的晨雾，喷薄欲出的太阳放射出万道光芒照射在这不毛之地，凄美得如同世界末日一般。我顿时被这宏大的场景震惊得头脑清醒，睡意全无。

　　清晨，车辆驶入一个村落。说是村落，其实就是茫茫戈壁公路边的几个修车铺和几家小饭馆兼旅店。

　　这个地方叫泉水沟，也就是新藏线上赫赫有名、令人闻风丧胆的"死人沟"。由于环境非常恶劣，体质不好的人路过此地，风险概率骤增，包括体质好的人也会提心吊胆。据说新中国成立后最早一支沿这条公路进藏的解放军先遣部队曾驻扎在此地，正好赶上恶劣的天气，由于缺氧、寒冷，缺乏高原经验，许多战士长眠于此。"死人沟"因此而得名。

　　其实，在官方地图上是找不到"死人沟"这个地名的。只是民间一直沿用"死人沟"这个称谓，听了让人心生敬畏。

　　在骑行新藏线的车友中流传着这样一句著名的谚语：死人沟里睡过觉、达坂坡上撒过尿、班公湖里洗过澡。这是真正的勇者在新藏线上必办的三件事。"达坂坡上撒过尿"这句话是说，界山达坂是这条线路的最高点，海拔 5340 米，上坡常常遇到顶风，因此就有了顶风撒尿尿湿裤子之说。翻过界山达坂就进入了西藏境内，班公湖就位于西藏。据说高原七月飞雪，湖水一夜之间便可结冰。这时若是有胆量下湖游泳、洗澡，顷刻间定叫你爬不上岸，因此才有了"班公湖里洗过澡"之说。

我们在朝霞的照耀下来到了这个外表朴素却杀机四伏的"死人沟"。

到这里我才明白，刚才一路上，曹师傅一个劲地不让我睡觉，是怕我一觉不起，长眠于此啊！

小镇安静地坐落在路边，沐浴在晨光中，静如处子，看上去一点都不恐怖狰狞。

这里的房屋低矮破旧甚至丑陋，但在骑行者的心目中，却是温暖的地方。这里为过往的司机和骑行者提供了异常珍贵的食宿，提供了人类生存下来的最基本的保障。

曹师傅领着我们走进一家饭馆，堂屋中的火塘上正烧着热水。老板娘忙招呼我们坐下，端上稀饭和炒花生米。馍馍是凉的，但放在火塘里一烤，酥香焦脆。

在饥寒交迫的早上，坐在暖烘烘的房间里，吃着最简单的早餐，我心满意足。唯一的遗憾就是没有在这里住上一晚，没能体会"死人沟里睡过觉"的滋味。

在此开店挣钱，不是一般人能受得了的。我很敬佩在"死人沟"里生存下来的人，他们为生计不畏艰辛，是生活中真正的强者。

用完早餐继续上路，一路延续着茫茫的沙尘戈壁。旧公路正在整修，入口处都用土堆堵着，防止机动车借道行驶。

布满沙尘的茫茫戈壁上，寸草不生。路基被车辆碾过，杂乱无章，阡陌交错。荒凉的旷野一望无际，道路消失在遥远的地平线上，深灰色的地平线勾勒着世界的边界。这无边无际的大漠令人油然而生一种被遗弃的恐惧，仿佛世界末日将要来临。

2012 年是特殊的一年，媒体添油加醋地渲染着 12 月

24 日"世界末日"的到来，有些人诚惶诚恐，真是杞人忧天。

过往的车辆在松软的土地上碾出两条歪歪扭扭的车痕。车辆行驶在这里，一不留神驶出车辙，就会陷入松软的戈壁滩中，难以自拔。

这里没有一棵草，不见一点绿，没有飞禽走兽，也不见一点生机。此时此刻，我早已被这寂静无声的恐惧侵袭得肉麻心悸，瑟瑟发抖。

行驶在遍布车痕的路基上，汽车随时都有陷落被困的危险。由于供氧不足，在这样松软的道路上行车，汽车也和人一样艰难喘息着，无法充分燃烧的汽油散发着刺鼻难闻的味道，发动机挣扎似的在喘息。

我深深地体会到了"人在高原走，命在天上游"的惊险感觉。

曹师傅凭借多年行走江湖的经验，驾驶着大货车沿着坚实的车辆痕迹行驶。远处一辆私家小轿车陷入了松软的沙土中，车下，一位男士正在前轮处用铁锹奋力地刨土抢救。

前晚在驾驶室只眯了一会儿，我现在睡意十足。中午时分，在颠簸的路上我又昏昏欲睡。

曹师傅猛拍我的大腿，用浑厚的河南话喊道："咦，咋那么多瞌睡？别睡，再坚持一会，一会过了界山再睡。"

在这高海拔的路段，曾经有过体质较弱的游客睡着就再也没有醒来的事故。曹师傅担心我睡着后驾鹤西去，我倒不担心，只是想想曹师傅也是为了我好，就强打精神，眼睛死盯着前面。

界山达坂是新疆和西藏的天然分界，也是这一路的最高点。来到界山达坂，远处群山环绕，一切都是那么的安静。

透过车窗，我努力地在荒原上寻找一些生灵迹象，指望能够在这里撞见一些野生动物。可惜这里荒无人烟，草地严重沙化。

这些荒凉的旷野，在我眼中，透着一种悲凉的美感，不断叩击着我的内心，令我警醒，令我震撼。这情景时刻提醒着我生命的弥足珍贵，

让我充满了对生活的热爱，激励我勇敢地面对人生道路中的困难与挫折。

这便是在路上永恒的魅力所在，让我逐渐明白为何自己拥有一次次上路的热情与执着。因为在路上，一切生命都值得尊敬。

广阔的荒原渐渐出现了丝丝绿意，经过几处退化严重的草原时，我隐约见到了孤零零的藏羚羊。这里是无人区，为野生动物的生存创造了条件。

过了界山达坂后，曹师傅一路没有休息，一直载着我们驶入深深的黑夜。感觉发动机不给力，曹师傅停车检查车况。

晚上漆黑一片，伸手不见五指。我下车站在寒风中打着手电筒帮忙。布满灰尘的空气过滤器影响了发动机的正常工作，曹师傅将其拆下来，里里外外仔细地清理堆积的尘埃。

半夜时分，我们来到了班公湖，可惜我们无法欣赏到湖水的斑驳和彩霞的绚烂。

曹师傅好像很乐意夜间行车。他告诉我们，这段路非常险峻，一边是峭壁一边是湖水，有时可能还要一个轮子悬空才可通过。我不知是真是假，只能抱怨黑夜没有给我一睹险情的机会。

班公湖是西藏有名的圣湖之一。从地图上看是一个狭长的湖泊，它的三分之二在中国境内，三分之一在印度境内。据说在中国境内的这一部分是淡水，水中鱼类资源丰富，湖中还有一个鸟岛，而在印度境内的部分则是咸水。听起来很神奇，可惜我们是深夜经过此地，不能目睹圣湖的风采。

曹师傅说，现在这里正在搞旅游开发，引进了几艘游艇，白天游客可以乘游艇游览圣湖。听到这里，我不知道应该欣喜还是悲哀。现代的商业开发无孔不入，就连藏民心中神圣的地方也要搞成景点，我除了悲愤之外，也只能无声地叹息。

早在 1992 年，世界自然保护联盟高级督察员桑赛尔和该组织下属的国家公园及自然保护区委员会主席卢卡斯在考察九寨沟时，就被如"人间仙境"的美景所震撼。同时，他们也给出了一个忠告："旅游是对景区最严峻的挑战，而且今后会更加严峻。我们对这里游人过去已经增加而今后还会增加感到不安。游人增加就会损害景观本身，带来很多不利影响。所以旅游开发要相当谨慎。"

目前，国内旅游经济的兴起给风景名胜区带来了活力，但是急功近利，过度开发，也使一些风景名胜区的生态受到破坏，失去了原有风貌和历史价值。一些以消除贫困为目的而开发的生态旅游对当地的自然环境造成的破坏也是相当严重。看看国内千篇一律的古城被现代文明所侵蚀，早已失去古城特有的宁静和质朴，你就知道旅游带来的破坏是多么严重。

驶过班公湖，路况一下子变好，驶上了久违的平坦柏油路。曹师傅似乎仍然没有睡意，一鼓作气驾车开到了西藏阿里地区政府所在地狮泉河。

油罐车停在十字路口边，付过剩下的车钱，我和燕大侠疲惫地背上硕大的背包在陌生的小镇上寻找住宿的地方。无论从新疆叶城还是从西藏拉萨进入阿里狮泉河都相当困难，这里也是旅游热线阿里大环线的北边终点。

这一路上，整个身子骨已经完全被车颠散了架，周身疼痛。进入房间，我已经没有力气来清理自己的疲乏与困顿，不顾一切地倒头就睡。

第三章　穿越阿里，相拥神山

We live in a wonderful world that is full of beauty, charm and adventure. There is no end to the adventures we can have if only we seek them with our eyes open.

——Jawaharial Nehru

01 世界屋脊上的奥运遐想

睡眠还是不怎么好。也许是因为太晚睡觉，也许是因为高原反应，也许是因为被褥不够卫生、床铺不够舒服，也许是因为长时间在油罐车厢内的颠簸……总之，这一晚我的大脑昏昏沉沉，总处在半梦半醒之间。

起床后的第一件事就是到汽车站询问去神山冈仁波齐的班车。从新疆这一路过来，我们对交通的重要性的认识更加深刻。多数时候我们对乘车都很无奈，这里班车的发车班次、时间几乎都不按照常理出牌，只有亲口问过之后才能心中有数。

车站寥寥几人，只有一个售票窗口。里面的藏族大嫂态度和蔼可亲，耐心地解释说，到神山要坐去往普兰县的班车，车票是 120 元。班车每天只有一班，大致是在中午时分发车，人满即走。

在回去的路边简单地吃了点东西，算是早餐。物价高得离谱，一个煮鸡蛋 2 元，一个肉包子 1 元，大小几乎和饺子相同。从水果满地的瓜果之乡来到千里之外的青藏高原，对这里水果的价格更是不敢问津。怪不得曹师傅跑一趟运输，还要捎带上一麻袋一麻袋的新疆水果。

路过邮政所，进去买了几张明信片，想等到阿里神山时再去邮寄。邮政大厅内悬挂的电视机在播放伦敦奥运会的盛况。铺天盖地的奥运报道，想不看都不行。看着中国体育代表团在金牌榜上遥遥领先，我感慨万千。

在信息高度发达的时代，狂轰滥炸的新闻报道无孔不入，新闻热点变得像路边小贩卖的萝卜、白菜那样平常而低廉。

我一直不明白，四年前在家门口已经举办过奥运会了，为什么国内媒体对奥运会还是那么热衷与疯狂，还是那么狂热追踪报道？看看各路庞大的报道团队吧，中央的、省市的、电视台的、电台的、报纸的记者纷纷涌到伦敦。真的有必要吗？全天候的奥运电视报道，真的是老百姓关心和需要的吗？此外，各省市体育官员一批批地前往伦敦，美其名曰为家乡选手摇旗呐喊、加油助威，中国度假式观摩团就此成为伦敦奥运期间的一景。可惜，有谁是自掏腰包？

奥运期间吃、住、行、用所有的费用可不是一个小数目啊！

想想此次我们前往西藏山南地区准备进行的公益之行，没有经费，没有政府资助，所有的费用都是志愿者自掏腰包，志愿者当中大部分还是在校的学生。结合国内 NGO 的发展状况，民间公益之路行走得是何其的艰辛。

奥运会开赛前期，中国体育代表团的一位副团长曾讲到，奥运不拿金牌，老百姓不答应。请问，作为竞技体育的官员，中国奥运代表团的官员，你有资格代表老百姓吗？你代表的只是你的利益集团。奥运选手夺金摘银，你们体育官员当然高兴了。你们少数既得利益者就是靠着锦标主义获得的奖牌一步步升官发财的。

所以，谈到举国体制，他们定会竭力维护，从他们的嘴中听不到老百姓真正的心声。

近年来，国内之所以对举国体制下的中国体育精英选手的培养模式进行批判，就是因为老百姓已经意识到如果国民体质上不去，学生体质的连年下降不能得到遏制，我们拿再多的金牌、奖牌也没用。媒体吹嘘我们是竞技体育大国，可是我们却是一个群众体育弱国。看看国内众多城镇的广场舞就知道了。我们的人民群众，尤其是中年大妈们的健身方式是多么的单一，她们是没有其他选择！

十几年的工作经历早让我对这种举国体制深恶痛绝。教育改革，体育改革，口号喊了多少年，很少见到真正的实质性转变。归根结底，所有的改革阻力，首先来自于既得利益者的阻挠。

这就是我们举国体制下体育畸形发展的状况。老百姓能满意吗？

02 休整狮泉河

狮泉河镇，海拔 4300 多米，因地处印度河上游的狮泉河而得名。狮泉河畔原来是一片荒凉的红柳滩，1964 年新藏公路通车后，这里才开始建设营房和简单的公共设施。后来，阿里地区行政公署和噶尔县政府先后迁来此地，因此"狮泉河"或"噶尔"都是特指此地。

狮泉河，藏语称"森格藏布"，是西藏自治区西部主要大河之一，发源于冈底斯山主峰冈仁波齐峰北面的冰川湖，最终流入克什米尔地区。

回到旅店，燕大侠想到外面澡堂花 15 元钱洗个热水澡。旅店老板娘极力劝阻，说阿里这个地方，刚来最好不要去洗澡，以免着凉发生高反，那样就很危险。

燕大侠听从了老板娘的建议，要来两大瓶开水，趁我外出到高原小镇闲逛时，在房间净净身子。

镇子边一个小山坡上的一处琉璃瓦小亭吸引了我，这个亭便是揽月亭。坡并不陡，但我还是小心翼翼地慢慢拾阶而上。对于我们内地人来说，高原缺氧，不允许身体有任何闪失，任何的欢蹦乱跳、手舞足蹈都可能会引起胸闷、头晕，甚至严重到大脑缺氧。我们后面的路还很长，

要保存体力，保持健康的体魄，要把缺氧当作穿衣戴帽、家常便饭一样对待。

快到揽月亭时，风越来越大，路边的风马旗早已是裹着风呼呼地上下飞舞。来到最高点，举目眺望，狮泉河镇尽收眼底。不大的城镇，汉藏民居交错密布，联横合纵的街道方方正正，中规中矩。

我独自坐在石阶上，裹紧衣领，远望蓝天和伟岸的大山。云层很低很厚，厚重得飘不动，耳边只有风的声音。想想一路就这样固执地走了过来，是那么的艰辛，却也苦中作乐！

此次选择背包由南疆入藏，我领略了异域的风俗差异、高温高寒的天气、若有若无的恐怖气氛、艰辛的长途跋涉，就连新藏线短短的1000多公里搭车路居然也耗费了四天四夜。极致的风景、极限的生命挑战，此时看起来都像过眼烟云，不值一提。

逆水行舟，不进则退，道理我们都知道。遇到困难时，很多人都会选择知难而退，而很少人能做到迎难而上。和燕大侠一路走来，原本以为很困难的事到眼前却都迎刃而解。一些困难都是道听途说，人为制造的，不去试一试，怎么知道自己行不行。

上路前，很多人会有疑问：路上有没有危险？没有住宿怎么办？错过班车怎么办？遇到坏人怎么办？很多情况下，我们在出发前就给自己设置了障碍。因此，尚未出发就自断了前路。

在去车站的路上，我们见到了曹师傅在路边修车。这一路的颠簸与坎坷让汽车千疮百孔。我们没有跟随曹师傅继续前往札达，必定要错过许多美景。但我们并不觉得遗憾，因为前方还有更多的美景在等着我们。

一路走来，紧张而兴奋。一路上，我在触摸未知的世界，尽管艰辛，但实实在在，触动着我的内心。

只有在旅途中，我才可以放空心灵，去感受活着的意义。毕竟，深刻的体会不但是经年累月的事，还得有一颗放空的心。

光线慢慢东移，冷风一直在吹。头有点疼、胸有点闷，我慢慢调整呼吸。

夕阳西下，我拍拍身上的尘土，起身沿阶而下。阳光穿透厚厚的云层斜照在远处空旷的山体上，大地辽阔，视野开阔，我感觉自己的心胸也宽广了很多。

03 中国神山志愿者之家

之前与去神山的班车老板说好留两个座位，到跟前却被告知，因为没有交订金而没有预留。

"刚才八点多来了两个老人，交了订金，没有办法啊！后面打电话预订的，我都推掉了。没位置了。"

我们顿时无语。每次乘车都能收获"意外"。

"老板，想想办法吧！昨天说好的留两个位置。并且昨天你也没有让我交订金啊！"

"来，这有两个位置，坐这里。"老板抵不住我的再三请求，指着引擎盖说。

我们只能坐到了上面，不然又要多待一天了。

陆续还有人前来乘车，多是当地的藏民，但由于实在没法安排只得扫兴而归。一些当地的藏民让司机沿途捎带一些东西过去，有包裹、有衣物、有小电机。司机象征性地收取了一些费用。

早过了发车的时间，但没有一个乘客着急和抱怨，司机始终慢条斯理地做事。

车辆满载着乘客出发了，过道里放满了小板凳，引擎盖上也挤满了人，就连上下车门的位置也站满了人。车一走动，乘客就随着颠簸的路面左右摇晃，人们在身体的碰撞中，开心地笑着，一点都没有厌恶彼此的感觉。

平日里我们常常将笑容吝啬地隐藏起来，很少对陌生人报以真诚的微笑。人与人之间仿佛隔着一道无形的屏障，满脸写着拒人千里之外的茫然与冷漠，想想都觉得惭愧。

路上我告诉卖票的小伙子，我们在神山塔尔钦的志愿者之家下车。

"哦，我知道，是找任老师的吧?"

狮泉河的人都知道任老师，我对任老师的敬仰又增加了一分。

四个多小时之后，旁边的一位藏族大嫂伸出手臂摊开整个手掌指向窗外，提醒我们"神山、神山"。藏民对待神圣的东西向来都是恭敬的，他们从不用一根手指去指神山，而是虔诚地用整个手掌。

顺着指向，我望向窗外，一座金字塔形状的雪山凸现在群山之中，圣洁俊朗。我知道，塔尔钦就要到了!

从大道左拐分出的一条小道是进出塔尔钦的必经之路。路边有一个收费亭，游客由此进山需要购买门票。我们乘坐的大巴车停在路口，工作人员上车装模作样地扫视了一眼车厢内满载的当地藏民，我和燕大侠混在拥挤的车厢内轻易就蒙混过关。

塔尔钦是神山冈仁波齐脚下的一个小镇，地面坑洼不平。小饭馆、藏餐馆、茶馆、蔬菜店、杂货店位于小镇中心的十字路口边。一些无所事事的藏族小伙在无聊地打着台球。外来旅游、转山的游客充斥着整个小镇，也给小镇带来了勃勃生机。

站在路中间，向北远望，大山背后一座金字塔形状的雪山若隐若现，这就是神山冈仁波齐。这是藏民心中的第一神山，在藏民心中有着至高无上的地位，每年前来转山的信徒众多，内地资深的背包客也以到阿里转神山为荣。

我们下了车，在一个偏僻的院落找到了神山志愿者之家。

神山志愿者之家是任老师在2005年创办的。任老师曾是北京某高校的一名老师，在西藏支教了一年。任老师在阿里转神山时"总是觉得有一种似曾相识的感觉"。后来，任老师就离开北京来到阿里创立了这个公益性质的志愿者之家。在志愿者之家短短的一周时间里，从志愿者口中，我们得知任老师这么多年坚持从事公益工作是多么的艰难，那一排作为客栈的板房也是在众多志愿者的帮助下才刚刚建成。

一个不大的院子，碎石满地，一排板房、几顶旅行帐篷，还有两个大大的毡房很是醒目。后来才知道，帐篷是几个志愿者的，板房用做客栈，收入用于志愿者之家的日常开支和资助当地困难的学生。一个毡房暂时作为库房，存放从全国各地寄来、捎来的物资。另一个毡房作为志愿者的宿舍，里面摆放着三张上下床和一张桌子，房间相当拥挤。

任老师的房间在大门旁，是一间独立的板房，里面也摆放了许多物资。

我和燕大侠背着背包走进大门，一位和蔼的老人热情地上前打招呼。第二天才知道，这位其貌不扬、不修边幅、有点邋遢的老人是来自香港的义工，他骑行川藏线，6月份来到这里做志愿者。他告诉我们，任老师开车去家访了，要晚点回来。

我们被安排在板房内居住，除了几张床铺，再无他物。

04 家的温暖

任老师不在，我和燕大侠放好行李，准备到镇上去闲逛一下，了解周边情况，顺便吃点晚饭。镇上汉族人开的小饭馆很多，但多是川菜系列，想找个砂锅面吃都很难。

志愿者之家的板房建好之后，一批志愿者陆续离开了。现在只有少数志愿者逗留在此。吃过晚饭后回去，任老师已经回到了志愿者之家。

任老师年近60，久居阿里，脸上已经泛起了高原红。也许历经了太多的沧桑，老人话语不多，并不愿提及自己当年来阿里的种种艰辛。关于他的信息我们就只能从别人那里打听到，许多事情也都是从志愿者口中获知的。

从2005年开始至今，任老师在塔尔钦已经度过了七个年头。

目前任老师收养了三个孤儿：达瓦、仁增和唐尼。初次见到达瓦和仁增时，我一时分不清两人，一样瘦弱、一样黑不溜秋。后来接触多了才知道，个子稍矮一些的是达瓦，性格相对温和、听话一些。而仁增就要调皮得多，常常早上一起床就不知道跑哪去了，有时临近中午或过了中午才回来。唐尼是个女孩子，个子更加矮小，过了九月份就要上高三了。唐尼在林芝上学，学习刻苦，想考大学学医。唐尼不怎么出去玩，一有空就拿出书本来学习，这在藏区是很难得的好学生。

志愿者之家还有几位常客，都是年轻人，因此我们很容易就聊到一块了。

年轻人中有一个自称小马哥的胖小伙，来自镇江。去年他慕名曾来过这里，转过一次神山了。今年还要转山，并且他说，转山的总数不能是偶数，因此这次他要转两圈。

志愿者之家还有来自新疆、厦门和天津的志愿者。从天津来的那位女志愿者正在进行自己的"间隔年"。

在旅途中，常会遇见许多人，他们随性地生活，有自己的故事，在安静的地方过最简单的生活，然后在时光的流逝中慢慢忘却过去的悲伤和痛苦。

我想，旅行最重要的不是去了多少地方，而是学会尊重自己，学会选择自己喜欢的，学会正视孤独与恐惧，学会安心地生活，学会感恩他人，学会对别人微笑。旅途归来，往昔散尽，寻找自己就不仅仅只停留在口头上了。

多少日子没有这么踏实地睡过干净、舒服的被褥了？多少日子没有这种家的感觉了？多日的旅途奔波和劳累在这里得到了完全的释放。

神山，我来了！志愿者之家，我到了！

05 转山第一天

原本打算早起去转山，结果一觉醒来已日上三竿。昨夜下过小雨，一早天空晴朗，真是"蓝蓝的天上白云飘"。

匆匆收拾一下转山要带的物品，尽量减少负重，和任老师打个招呼后，我、燕大侠和小马哥三人就出发了。

出发前，我们在塔尔钦小镇上吃早餐，心里已经接受了这里高昂的物价。从小饭店出来正要出发，看到旁边的一家饭店门前停了几辆单车，门口倚着一个单车手，圆圆的脸庞，个子不高，正是 2010 年一同骑行青藏线的宁波朋友朱强。我早就知道他今年会骑行新藏线，不成想会在这里见上面。

与朱强挥手告别，我们开始了正式的转山之旅。

冈仁波齐，藏语的意思是"神灵之山"，梵语之意为"湿婆的天堂"，是冈底斯山脉上的主峰，海拔 6714 米，山顶终年积雪。

冈仁波齐是世界上所有登山爱好者最想征服，但也最难征服的圣地。难以征服并不是因为它高，也不是因为它险，而是因为它在藏民心中的神圣地位。

藏民认为每一座山都有一位女神在守护，女神守护着这座神山也守护着山上的居民，而登山会打扰女神，是对女神的不敬。所以在藏民的心中没有登上顶峰带来征服的快感，只有通过转山来表达敬意。在藏族人的信仰中，朝拜神山是很有功德的。他们认为转一圈可以清除一生的罪孽；转十圈可以在五百次的轮回中免遭堕入地狱之苦；转一百圈即可于今世成佛。如在转山途中死去，则是一种神圣的造化，莫大的荣幸。

我们没有宗教信仰，但也敬畏这神山，想通过自己身体力行的转山来表达我们对大自然的敬畏并体验藏民对宗教的虔诚。

神山冈仁波齐的转山分内圈和外圈两个线路。外圈共 57 公里，一般的年轻人两天

即可转完外圈，而脚力好的当地藏民可以一天转完，要转够十三圈外圈才可以转入内圈转山。

经过一夜的睡眠休息，我们精神抖擞地行走在空旷的草原上，远处是白雪覆盖的纳木纳尼峰，六个主峰高低错落一字排开，颇为壮观，与神山遥相呼应。天空很蓝，蓝得有点不真实，那是因为我们生活的大都市的天空从未有过这般的蓝。

在都市生活，举目远眺，视线早已被钢筋丛林所阻挡；抬头仰望，天空是苍白的或者是灰色的，这就是现代文明带来的影响。城市越来越大，工业越发达污染越严重，人口越来越密集，呼吸的空气越来越不清新。

也许是因为出发得比较晚，所以转山的路上只有我们，偶尔有几个骑马的藏民路过。第一天的行程并不艰难，我们也就不慌不忙地走着。

一条小河在路边流淌。河水很浅，宽宽的河道上布满了碎石。此时的河水显得温婉贤淑、娇媚柔弱。

很快，我们来到了一处天

葬台，怪石嶙峋的山头经幡飞舞。经过短暂的休息后，我们继续出发。

远远地，我们看到左边的碎石路上，几辆旅游大巴满载着身材臃肿、身穿羽绒服的印度游客驶过，尘土飞扬，绝尘而去。后来在转山途中我们才发现，这些印度游客是骑马转山的。大老远地跑到阿里来朝拜神山，却选择骑马转山，令我们鄙视。

接近中午，我们来到了第一个补给点，其实就是几间简易的房屋。空旷的峡谷中到处都是运送物资的牦牛、供印度游客转山骑行的马匹和停靠的旅游大巴车辆。

神山上流下的雪水汇集成河，沿峡谷顺势而下，发出震耳的轰隆隆的响声。右边是神山那如同刀割般陡峭的绝壁，威武刚毅。

我们钻入一间低矮、昏暗的房屋内，餐后垃圾随处都是，屋内坐满了中外游客。我们走进最里面的角落坐定，点了三碗泡面，每碗15元。整个转山途中补给点的泡面都是统一价格，没有商量的余地。还好，开水随便喝。

吃过泡面，午后的温度迅速上升，加上缺氧和劳累，燕大侠倒在厚厚的藏式座椅上昏昏欲睡。游客陆续离开，帐篷内安静了不少。我们也不急着赶路，因此决定休息一下再转山。

下午的转山之路要艰难得多，路渐渐地有了较大起伏，坡度比早上的要大了许多。转山的碎石小路也逐渐变成了羊肠小道，有些时候还要与驮运物资的牦牛和骑马的印度游客争道。

很快我就发现，整个转山队伍中，只有我们是汉人，其余徒步的有藏民、印度人、尼泊尔人和黄头发蓝眼睛高鼻梁的欧美人。那些衣着鲜亮，身穿冲锋衣的藏民一定是导游，他们还替旅客背着行李，外挂氧气瓶。呵呵，这肯定是那些怕苦怕累、骑马转山的印度人的行李。

我们夹杂在转山队伍之中，走走停停，速度比早上慢了许多。右侧的冈仁波齐峰出现斧劈刀削般的山体，冷酷的岩石纹理展示着神山刚毅的一面。

下午四点，我们终于来到了住宿点止热寺附近。这里处于神山的北面，整个高大伟岸的神山暴露在眼前，是观景的极佳位置。

我们还顾不上敬仰神山，就面临着一个严峻的问题：没有床位。

小小的住宿点因为大批游客的到来而显得异常拥挤和混乱。跟团旅游的老外分两个阵营，一批是身材臃肿骑马转山的印度人，一批是高鼻梁、黄头发的欧洲人。他们有说有笑地在吃藏族导游分发的一些小食物。我们三人却心灰意冷，因为没有床铺供我们晚上入睡。

几个旅店的床位全被旅行团预订。我们疲惫地将身体放倒在一家藏民旅馆的沙发内，露出可怜兮兮的模样去恳求老板娘想想办法，让她一定帮我们三人解决睡觉的床铺问题。

"实在是没有床位了，你看，还有好多游客没有地方住呢！"

我们没有动身，还不打算离开这个藏民旅馆，继续软磨硬泡地赖在那里不走。

小马哥让我们留下，他自告奋勇去止热寺，看能否在寺庙里借宿一晚，毕竟他去年来过一次，对这里比较熟悉。

正当我和燕大侠对住宿不抱任何希望的时候，藏族大嫂领着我们来到一座帐篷处，进去说给我们找了三个床位，50元一人。帐篷内已经安排了印度游客住下，他们东倒西歪地躺在床上，看起来比我们还累。

帐篷内摆满了床铺，门口处的一角摆满了方便面、矿泉水、火腿肠、鸡腿、饼干等各种速食，兼做小卖铺。

接下来就是解决温饱问题了。在整个住宿点找了一圈，我们都没有发现什么可充饥的食物，只得再次回到帐篷内买泡面吃。

一天下来，因为饮水不多，我的嘴唇开始有干裂的迹象。

泡面的水浑浊不清，是来自神山之水。

"老板，酥油茶怎么卖？"

"25块一瓶。"这里的酥油茶都是用开水瓶盛放和售卖的。

小马哥和燕大侠对酥油茶不感兴趣，我花10元钱用随身携带的水壶装满酥油茶自己喝。

昏暗的帐篷内散发着浓郁的泡面味道。我边吃泡面，边啃着从新疆一路带来的馕慢慢下咽。

吃饱喝足，肚子居然有胀感。帐篷低矮、昏暗，有种压迫感一直堵在胸口，我决定拿出手电到外面透透气。帐篷外月黑灯稀，杂乱的帐篷之间还有狗在不时穿梭游荡。空旷的地方，敦实的牦牛和马静静地或站或立。黑暗中，冷不丁身旁响起马匹的响鼻声，吓我一跳。

夜晚温度骤降，寒风阵阵，我哆嗦着到偏僻的角落就地解决内急。四周除了黑压压的大山就是黑乎乎的帐篷，漆黑一片。

峡谷间依势而建的帐篷旅店杂乱无章。帐篷前时不时人影晃动，他们和我一样，用疲惫的身躯拖着麻木的灵魂在游荡，不愿在憋屈的帐篷内早早就寝。

小马哥说，第二天的行程异常艰难，要先连续行八公里上坡，山路陡峭、碎石遍布；然后要走八公里下坡，难度不亚于上坡。中间还要攻克海拔5700米的卓玛拉山口。我听后呼吸急促，热血沸腾，心想要人老命的时刻就要到了。

为了第二天早早起床，我决定还是不要太晚睡觉。我们打算第二天天不亮就出发，以免再次出现晚起的被动局面。和衣躺在散发着怪异味道的被褥里入睡，确实是件困难的事情。

躺下之后，寒意阵阵袭来，我又发现一个严峻事实：只有一床被子可用，并且薄而短小。此时，主人都已就寝，帐内鼾声四起。我摸摸索索地拿出手电起身满帐篷地寻找可用的被褥，结果一无所获。

没有被子，如果找不到其他替代物盖在身上，我很有可能抵挡不住这里的寒夜。旁边的印度人已经入睡，床边的桌上摆放着他们的红色羽绒服。嘿嘿，我暗自高兴，随手拿起一件宽大的羽绒服盖在身上，身上立刻有了厚重感，顿时感觉温暖了许多。我想，印度大叔如果知道的话，一定会同意给我以最温暖的帮助与关怀的。

06 转山第二天

凌晨，睡梦中听到帐篷外有人在喊话，可能是旅行团的导游在叫床。闹钟还没有响，我蜷缩在并不温暖的被窝里继续睡觉。

手机闹钟响起。小马哥不知道什么时候起的床，早已和衣坐在床边闭目养神。

帐外还是漆黑一片，其他几个帐篷里也开始有了动静。我们二话不说，打着手电，开始上路。脚下碎石成堆，我们东倒西歪地行走在崎岖的山路上。

一条小河横挡在前方，神山上流下来的雪水冲积出一处水潭。别无他路可走，我们只能涉水而过。燕大侠和小马哥脚穿高帮登山靴，防水性能好，他们轻松而过，我却必须小心翼翼地踩在突起的石头上一步步地渡过险滩。尽管我小心翼翼，可还是一脚踩进了水坑里，脚立刻有了冰凉的感觉。

天空微明。山势在走高，地面上到处是踩出的脚印，分不清转山的道路。回望来路，后方已经排起了转山长龙，灯光晃动，人影绰绰。

山路逶迤上升，我们都默默低头走路，早已没有了第一天转山时的劲头。我们大口喘着粗气，按照自己的节奏行走。我低着头，看着自己沉重的双脚一步一步地往前挪。渐渐地，我走在了前头，慢慢拉开了与他们俩的距离。现在只有按照自己的节奏去行走才省力，一旦停下来休息等他们，再次鼓足勇气行走就会倍感艰难。

路上时不时会遇到逆时针转山的藏民，他们是苯教的信徒。相遇时我们四目相望，或颔首微笑，或报一声"扎西德勒"。

一位老人从我身后跟了上来。他拄着一根木棍，一条腿看起来并不利索，但瘦弱的身躯每迈出一步都是那么稳健。老人几乎不怎么停留，一步一步坚定地向上行走。我们并排而行，默不出声，好像生怕打扰寂静空谷中居住的神灵。

后面一些骑马的印度游客慢慢也赶了上来。马匹拖着肥胖的游人和行李，鼻孔中喷着白气，马头有节奏地一低一抬。在这中间，居然也夹杂着一些流浪狗在转山。它们好像没有主人，似乎已经有了些许灵性，憨态可掬，表情安详，时而驻足，时而东张西望，不紧不慢地随着人流在转山。

这条转山的小路是持续的上坡，碎石漫山遍野，寸草不生。在弥漫

的晨霭中，一切看上去都是影影绰绰的。

终于来到了卓玛拉山垭口，这里碎石遍地，怪石嶙峋，四周经幡飞扬。灰暗潮湿的空气笼罩着，阴风凛冽，厚重的云雾弥漫在山谷间。神山完全消失在浓雾中，更增加了神秘感和神圣感。望着茫茫四野，这种四溢的磅礴气魄比起那满山的青翠更加令我震撼。

几个藏民在拉扯着经幡随风抖动，嘴里大声念叨着，可能是为逝去的亲人超度灵魂。此地聚集了休息的转山游客和藏民，人喊马叫。我也就地休息，正好在此等候燕大侠和小马哥。

天气一直阴沉沉的，不见太阳，神山始终不见踪影。昨天的好天气不再继续上演，四周云雾弥漫，湿气很重，看样子要下雨了。

半个小时后，他们两人也来到了垭口。稍做休息，我们开始下山。

下山的路一点也不比上山的路轻松。碎石铺满泥泞的小道，有时需要人侧身而下，松软的地面一脚踩下去，一不小心就可能打滑。在一些陡峭的路段，骑马的印度游客也不得不下马步行。

这时，若有根登山杖将增加不少安全系数。可惜，我和燕大侠都没有。

下山的路毕竟是将势能转化成动能，省了不少力，八公里的下坡肯定比八公里的上坡来得快些，可是天空飘起了小雨，一直淅淅沥沥地下着。我没有冲锋衣，也都没带雨伞，漫山遍野没有一处遮雨的地方，我们只能冒雨前进。

11点时分，我拖着湿漉漉的双腿和燕大侠率先来到山下的补给点。从早晨到现在我们滴水未进，空腹转山，早已体力透支。钻进一顶帐篷，照样来一碗15元钱的热气腾腾的泡面。

小马哥随后也赶到。我们招呼他进帐篷吃点东西休息一下。小马哥背着背包，左右登山杖在手，一脸的憔悴和疲惫，以他的块头转山实属不易。

雨停了，我们继续赶路。

后面的路程平缓了很多，我们沿着溪流而行。行路的难度虽然降低了，但是体力消耗很大，加上睡眠不足和营养不良，我们举步维艰。身旁转山的藏民一个个地超越了我们，而那些骑马的印度游客早已不见踪影，估计他们要把两天的转山时间延长到三天。

空旷寂静的山谷中，虔诚的人们踩出了一条蜿蜒的小路。沿途时常见到饮料瓶、易拉罐、食品包装袋这些不宜降解的垃圾。

我们拿出准备好的塑料袋，默默地捡起游客随手丢弃的垃圾。出发之前，小马哥就说了要带回一些垃圾，只为践行任老师倡导的环保。

沿途有太多的人造垃圾，一些是尚未有环保意识的当地藏民丢弃的，而更多的是所谓的现代文明人前来转山时随手丢弃的。垃圾随处可见，场面触目惊心。人们怀揣着美好而来，却留下糟粕而去，这难道不是一个很大的讽刺吗？

最后的十公里，我们拖着像灌了铅的双腿在行走，感觉双腿已经脱离了自己的肉体，整个人感觉飘乎乎的。休息的时间在延长，休息的频率在增加。每休息一次，我们都要鼓足勇气，咬紧牙关才能站起来继续出发。天空又开始飘起了小雨，有点像南方春雨绵绵的味道，无声无息。最后转个弯，远远地看见塔尔钦就在山脚下，是那么的遥远和渺小。

这两天一直沉浸在周围这种无法触摸的神秘和纹理斑驳的神山背影之中，心中满怀在绝望中孤独追寻得来的满足和自虐快感。

不知道我们这些游客和虔诚的藏民在转山时的心态有何不同。我们作为没有宗教信仰的人群，可能从来就没有对大自然心怀敬意、敬畏和感恩之心，也许我们无法真正理解他们内心的精神世界。

我们自以为是地去征服一座座高山，并冠冕堂皇地说是挑战自我，挑战人类极限，我们所做的事就是向大自然不断地索取并不断地征服它。当完成一次次征服时，我们激动万分、欢呼雀跃、手舞足蹈。在大自然看来，我们的行为是那么滑稽和可笑，我们好像从来就不考虑大自然总有一天会对我们的所作所为进行加倍的惩罚。

不惧怕大自然是可怕的，没有虔诚敬畏的心去对待大自然也是可怕的。我们应该向藏民学习，学会与自然和睦共处，学会对大自然心怀虔诚与敬畏。

最后的三公里，塔尔钦就在眼前。可前方的乌云不给我们任何机会，已经追上了我们凌乱的脚步，狂风开始裹着雨水，夹杂着冰雹噼里啪啦地倾斜而下。我们躲无可躲，索性来个彻底的洗礼。

一日三次承受雨水的眷顾，也应该是我们转山修来的福分吧！

可我们真的洗去一身的铅华了吗？

07 修房子

神山志愿者之家目前有两辆车。一辆是山东牌照的车，据说是慈善人士捐赠的；另一辆是尼桑吉普车，一直停在大门口。小马哥介绍说，那辆尼桑车基本上是废铁一堆。一个远在上海的商人以欺骗的手法，售价一万元，卖了这辆破烂不堪的二手车给任老师。每次外出送物资、家访，车都会在半路抛锚，修车、推车、露宿荒野成了家常便饭。有了山东牌照的车，这辆车就一直摆放在大门口。

来到志愿者之家，我和燕大侠本来只是顺路前来看望任老师，打算小住两三日就奔赴拉萨和队友会合的。算算后面的日期，还有时间，我们于是决定多住几日，帮忙做点事情。

晴空万里的正午，我和燕大侠帮着香港大叔修板房。板房在各方志愿者的帮助下刚刚建好，有些边边角角的地方还需要进一步完善。

由于没有经费，板房完全是在自力更生的情况下建起来的，没有专业人士的指导，在修建过程中难免存在一些小问题。趁着八月的好天气，能修补的就修补一下了。

今天的工作是在板房屋檐下将衔接处的缝隙用胶水粘紧，然后用"L"形的铁皮再加固一遍，这样就能减少冷风的进入。"L"形的铁皮不够用，只能用铁剪把一些剩余的"]"形的铁皮剪成"L"形使用。

当初为了省钱，志愿者之家所有的活儿都得自己干，请不起工人。我和燕大侠都是第一次做这种手艺活，照着香港大叔的样子，依葫芦画瓢。比较艰难的活儿是将"L"形的铁皮钉在板房屋檐的接合处。因为要穿透一层比较厚的钢板，所以要用上电钻，手臂的力量要全压在电钻上才能穿透钢板。

梯子不好使，我们便抬出厨房吃饭用的餐桌，站在上面。桌子太矮，必须高举右臂，手拿电钻，很不得力。高原上缺氧，动一动就喘气，稍一用力就得大口大口呼吸。我和香港大叔轮流打钻，忙活了大半天才干完。燕大侠也一直没有闲着，一会帮忙移桌子，一会递电钻、拿铆钉，俨然小工一个，做得尽心尽力。

板房建造得如何，能否经受得起零下几十度严冬的考验，就看这个冬天了。

吃过晚饭，我和燕大侠在矮床上一边闲聊，一边忙着翻看手机信息。唐尼无事可做，也过来凑热闹。

这几天唐尼和我们也熟络了，于是她就大胆地问了一个问题，结果惹得燕大侠晚上迟迟不能入眠。

"你们俩是情侣，一起来旅游的？"

我一听呵呵一乐，抬头看了一眼唐尼，然后满脸得意地看着燕大侠抿着嘴乐。

"不是啊！你怎么看的啊？我有那么老吗？"燕大侠一脸的不高兴，连忙拖长语音，加重语调回应。

我终于开怀大笑起来，在一旁幸灾乐祸，故意对唐尼说："是啊，是啊！我们是情侣。你很有眼光！"

燕大侠指着我继续辩解道："你看他那么老，我们怎么可能呢？"

唐尼自知冒犯了燕大侠，马上闭口不语，我却津津乐道了一个晚上。

其实，这不能怪唐尼。我和燕大侠成双成对地出现，很容易给人一种"情侣"的感觉。在别人眼里，也许认为我们俩正在进行着罗曼蒂克的"蜜月之旅"。

燕大侠其实很有女生范儿，只是这次出行的行头太过扎眼：最新款的双肩旅行大背包、登山靴、冲锋衣，就连品牌都是"凯乐石"的，在冈仁波齐脚下，倒是很应景。

这趟旅行，我其实挺感激燕大侠的。她第一次的背包旅行就陪同我从新疆一路来到阿里，要不然我只能一个人孤独地旅行。

在外旅行，我并不排斥与人结伴而行，只要对方有独到的见解和独立的生活能力即可。说实话，燕大侠很符合旅伴的标准：独立、坚韧、不矫情。

过了一会，唐尼找出一本小相册，给我们看他们到北京时拍摄的照片。

任老师自从在神山下创建了志愿者之家，六年来一直未曾离开过，也没有回北京过春节。这里冬季严寒，大雪封山，几乎没有什么游客，当地的小商贩大多也收拾包裹回家。任老师抚养了三个孤儿，四人往返北京的交通费用远远超出了任老师的经济承受能力。幸好，一位驴友在网上发起了一次募捐活动，为任老师和三个孩子筹集到了回北京过年的费用。

照片中有一张是任老师带着三个孩子在天安门广场上的合影。夜晚，少了游客的天安门广场上，冷清的气氛并没有减少三个孩子的兴奋，幸福的笑容在三个孩子的脸上绽放。

在与任老师的闲谈中，从任老师沉静的表面背后我感到了他内心的坚韧。平静下来后，我敬佩的并不是他走过的路，而是他走过那么多路之后依然那么淡定与平和。

08 让灵魂跟上脚步

我搬出一把凳子坐在屋檐下，让阳光暖和地照在身上，我眯着眼睛望着远方。

远方是白雪皑皑的纳木那尼峰，在野性十足的荒野中显得柔美极了。辽阔的草原，无穷的山峦，我有种错觉，感觉自己就像一颗沙砾被风吹到这里，就此驻足不前，安享美景，自得其乐。

一路浪迹到此，我居然停留在这个被称为"世界屋脊的屋脊"的地方发呆、晒太阳、看远山。这里没有喧嚣，我也无事可做，时间在这里完全失去了意义。这里仿佛已经成了我生活的场景和生命的归宿。

一种愉悦感在我心中油然而生，此时的我不被任何事情所左右。在大自然面前，我感受着生命的渺小和卑微。其实，这才是人类在大自然面前应有的姿态：弱小、谦卑、不自大。

一大早，任老师开车带着一帮志愿者去圣湖玛旁雍错去了。车满满的，再也挤不下一个人了，我只能留下。

院子里突然安静下来，多么悠闲轻松的时光啊。在这远离喧嚣的地方，在这神圣的冈仁波齐脚下，我抓紧时光去体会人生短暂的别样年华。

平日里，人们匆匆忙碌，把自己困在狭小的生存空间。许多人为了生计，一边算计别人，一边提防被人算计。在利益的驱使下，多少人一夜暴富，为富不仁；又有多少人瞬间破产，身败名裂。城市的夜，灯红酒绿，霓光幻影，多少个空虚的躯体散发着荷尔蒙分泌过剩的味道。这难道就是我们追求的文明社会，这难道就是我们拼命追求的上流社会吗？

物质的优越带来精神上的匮乏，造成了我们今日很多的困惑与不安。

由社会大众和习俗制定的幸福标准给我们规定了幸福所要拥有的物质基础，而很少触及复杂人类的精神世界。这种世俗的幸福感教导我们要拥有房子，要买车，要结婚生子，银行里要有六位数以上的存款……总之，生活至少要"小康"才能衣食无忧。最后，很多人做到了，但他们幸福了吗？

我们在成长过程中不断地被灌输这种幸福标准。过约定俗成、四平八稳的日子，也许永远是父辈们的期盼，在他们眼里，这才是幸福的源泉，涓涓流淌，受用一生。

不可避免，我们大多数人丧失了剖析自我精神世界的动力和能力，不断地按世俗规范学会稳重与克制，不断地获得物质上的丰厚，而忽视了内心的成长。

幸福没有标准和答案，但这并不意味着我们就可以放弃对幸福的追求。探寻幸福的过程是我们不断亲近幸福的过程，可能艰辛但完全值得。

在物欲的世界里，人很容易受影响，在利益的驱使下，不知不觉会改变自己的初衷，偏离自定的轨道。远离喧嚣、逃离浮躁，不是逃避，而是为了更好地找回自己。

曾在网络上看到过一个故事：有一支西方探险考察队深入非洲腹地，雇用了当地的土著人担当向导。由于时间紧迫，需要不停地赶路。前三天土著向导都很配合，到第四天，考察队准备继续出发，却发现土著向导不走了。土著向导说，依照他们当地的传统，若连续赶路三天，就必须停下来休息一天，以此让"灵魂跟上脚步"。

故事很有哲理，发人深思。

阿里，我来了！在号称"世界屋脊的屋脊"上行走，在神圣的冈仁波齐下转山。在你美貌与伟岸的身躯下我仰望你的神秘与威严。我像信徒一样，虔诚地围着您转，希望洗净满身的铅华。

一路风雨，一路险阻，一路走过，有苦也有乐。我知道，人生如旅途，有梦想就有希望，付出了才有收获。

我在准备寄出的明信片上写下这样的句子，同时也是对自己的勉励。

09 令人敬仰的香港大叔

香港大叔姓张，是一位令人敬仰的人。

在神山志愿者之家的日子，我对他的了解并不多。因为他总是忙忙碌碌，不太爱说话，与他的少许交流也仅限于一起修板房。大叔说，等天气转冷，他也会离开这里。

大叔常年做义工，这次是骑车走川藏线来到这里。他总是默默做活，很少发表评论。他就像总管一样，替任老师打理着这个庭院。有香港大叔在，任老师就可以放心地外出活动。下一站，大叔希望能到韩国去做义工。

在塔尔钦见到许多来自印度的游客前来骑马转山。令人更加愤怒的是，印度游客居然将随地大小便的陋习也带到了西藏，带到了神山脚下，带到了神山志愿者之家的大门前。

志愿者之家旁边是一个藏式旅店，近来也接待了不少印度游客。这几日，居住的印度游客每天不分时候、不分场合，在志愿者之家大门前随地大小便，一点都不避讳。清晨起床推开房门，一眼就望见大门前的地上蹲着光屁股的印度游客，可想而知，我是多么的惊讶。

"门口怎么这么臭啊，怎么有那么多一坨一坨的东西啊？"

"还不是印度人干的好事！"

"这样下去可不行，门口都变成什么啦。"

得想个办法制止事态的进一步发展。

中午时分，香港大叔找来一块闲置的木板，比比画画，在上面写着英文。我凑到跟前一看，上面写着"No urine & shit here，fine 1000"，右下角居然还有"Video is in motion"。

做好木牌，我们几个拿着铁锨到大门前，对着藏式旅店门口的地方挖坑立牌。我们在立牌的时候，香港大叔很幽默地在墙上放了一段圆形木头，乍一看，还真以为是摄像头呢！

我们有说有笑，故意把动静搞得很大，以此引起印度人的注意。

至此，大门前的卫生大有改观。

没事做时，大叔就会将瓶瓶罐罐的东西摆好放在院落的墙边，将无法回收、利用的垃圾拿到厕所旁焚烧。为此，大叔还专门做了一个简易的焚烧炉。大叔告诉我，这些塑料袋没法带走，只能就地解决；而那些可以重复利用的瓶瓶罐罐，由于路途遥远，利润微薄，也很少有人愿意收购。

我听后无语，在这么偏僻的高原，像这样有关生态环保的重大问题，政府怎能把责任完全推向市场？有关重大民生、生态的问题，怎能用经济成本来简单衡量呢？

看看远离都市的神山脚下转山路上的成片垃圾吧，多么的触目惊心。有人类的地方，就有垃圾，人是垃圾产生的源头，必须肩负起回收、利用垃圾的重任。保护环境，解决垃圾的问题，人人有责，但政府更是责无旁贷。

现在有一个很时髦的词——"低碳"，我很是不屑。人类在进步，"过上幸福的生活"是我们追求的目标。现代化的家用电器给我们的生活带来了舒适和安逸，这

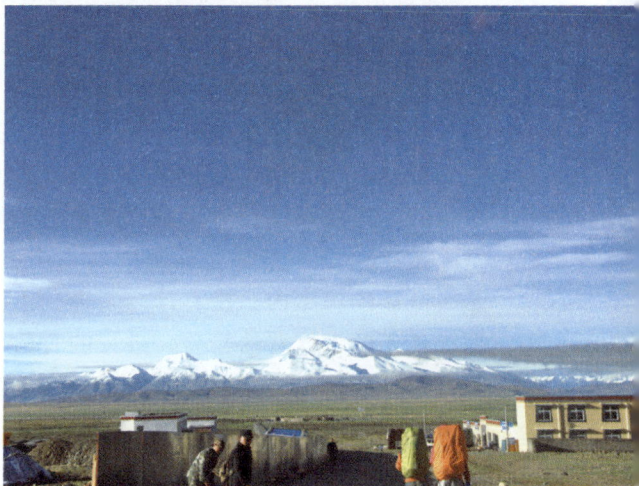

一定是以高碳排放量为代价的。所以说，时代的发展与所谓的"低碳"理念格格不入。

什么是"低碳"？就是能走路就不要坐汽车；能坐公交车就不要开汽车；夏天能用风扇就不开空调；每天能用 50ml 水洗脸、刷牙，就绝不用 100ml 水。以我的理解，只有原始社会的人类过的才是真正的"低碳"生活。

看看我们都市林立的高楼大厦、星级酒店、高档会所，哪个不是灯火辉煌、冬暖夏凉？再看看许多城市的"光亮工程"吧，人为地打造一个个不夜城，难道就是所谓的"低碳"？可最令人痛心的是，我们的许多官员并不以为耻，反以为荣。

10 离别只为再相见

在神山的短暂几日，快乐而无拘无束。在这里我们可以随心所欲地做事，就像在家里一样。

几乎每天都会有几辆越野车拐进来给任老师捎东西。这些司机是常年跑阿里旅游线路的，与任老师是老朋友。许多内地的志愿者寄东西到拉萨，然后由这些热心的司机捎来。

久居高原，生活习性、饮食结构、恶劣的气候使任老师患上了眼疾，看东西时常模糊，也许这是白内障的前兆。一些志愿者听说后，千方百计地买药给任老师寄去。

"世界之巅支教团队"的刘冰打来电话说，我们的公益活动要提前进行，希望我和燕大侠能够在 8 号与他们在拉萨会合，10 号就前往号称"世界之巅"的普玛江塘小学。

离开神山的日子就要到了。

想想第二天就要离开神山，离开志愿者之家，我提议晚上相约到塔尔钦的一家藏茶馆相聚，是欢聚，也是辞别。

藏茶馆是任老师之前资助的一个藏族小伙子开设的。茶馆非常简陋，低矮的房屋内，没有什么装饰，主要摆着两样家具：藏式的桌子和那种长条的带靠背的箱凳。进去的时候，隐约看到靠近门口的位置坐着几位老外在聊天。我们径直向里走，选在昏暗的角落里，暗淡的光线给我带来一种安全感。

藏茶馆里主要提供酥油茶和甜茶。我们点了酥油茶和甜茶各一壶，舒服地蜷卧在藏式箱凳里，漫不经心地聊天。端着边缘镶刻着精致花纹的茶碗，喝上一口酥油茶，热茶混合了酥油的醇香立刻溢满胸肺。燕大侠却还是不习惯酥油的味道，只能连连喝着甜茶。很多外地人喝不惯酥油茶，除了因为酥油茶的味道特殊外，还因为酥油茶是"咸"的。

藏地本不产茶叶，茶叶传入西藏是从吐蕃王朝开始的，后来形成了一条以茶贸易为主的"茶马古道"。酥油茶的制作大致是先将茶叶或砖茶用水熬出汁，倒入酥油茶桶内，加入一定比例的酥油（用牦牛奶提炼而成）和食盐，然后用类似活塞的搅拌器上下搅动。混合后，倒入锅内加热，便成香浓可口的酥油茶了。而甜茶可能是受了尼泊尔饮食文化的影响，是在清茶里加入奶和糖制成的，很像内地的奶茶。

推杯换盏中，我们的情绪始终没有高涨起来，也许是因为离别的情绪萦绕在每个人的心头。在生存恶劣的环境下行走，来这里的旅人对生活的热爱来得更加真实和迫切，对生与死都有了深切的体验。

我想，我们每个人对人生都有独特的见解，对萍水相逢的友谊都是深埋心底，对志同道合的旅人都是默默祝福。

离开神山的这天，我问正在收拾行装的罗燕："燕大侠，你那里还有多少现金？"

"不多了，只有几百块吧！"

这里没有银行，邮政所也没有储蓄业务。

我们把所有的现金拿出，预留出去拉萨的车票钱，其余的全部留给志愿者之家。任老师不在，我将现金交给香港大叔，让他转交给任老师。

在这里，我们认识了许多有朝气、有理想的年轻人，他们不畏艰辛来到这里做义工。志愿者之家的年轻人终将陆续离开，一批批新的志愿者又将前来践行自己的理想。

相聚总是短暂的，我和燕大侠又将背上背包，继续我们的旅程。

第四章　相聚在圣城

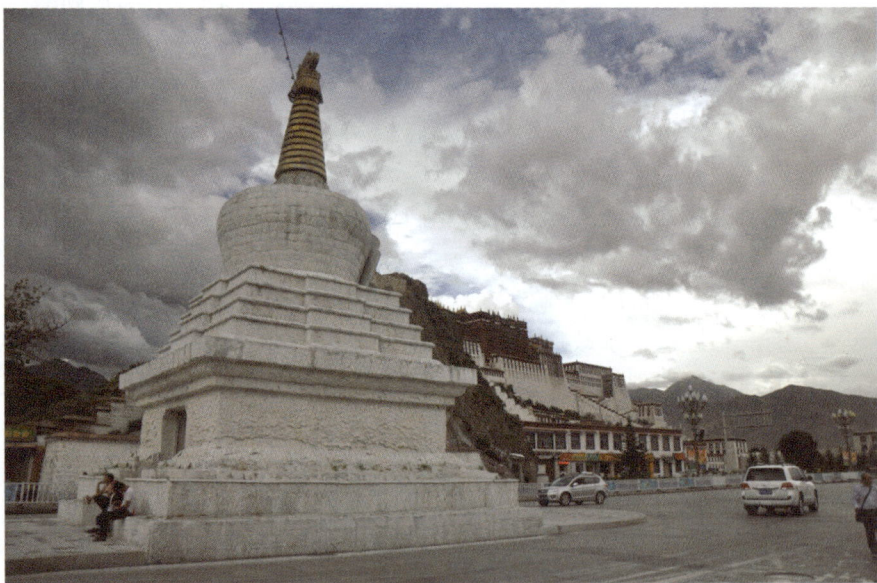

The use of traveling is to regulate imagination by reality, and instead of thinking how things may be, to see them as they are.

——Samuel Johnson

01 从塔尔钦到拉萨

在塔尔钦预订了到拉萨的班车，车是从狮泉河发来的，车票昂贵得惊人！

道路超出想象的平坦，但车况一如既往的糟糕。坐在狭窄的座位上，密封的车厢里空气不流通，空气更显得稀薄，连呼吸都困难。

车刚行驶不到一个小时，便在一处边防检查站停车接受检查。乘客一一下车，例行公事的检查似乎很慢。我们将各自的行李从行李箱内拿出，摆在地上接受检查。后面马上滞留了许多车辆。

检查是用最原始的方式——手摸来进行的，其效率低下，可想而知。后面滞留的乘客不敢有任何怨言，只能原地等待。为什么不安装一台 X 线检测仪？应该不需要太多经费吧。对于经济总量世界第二的国家，这点费用都没有么？

刚检查完上车，先我们几个小时出发的小马哥发来短信，询问是否在检查站被搁在一边。我赶紧回复说，没有，只耽搁了半个多小时。小马哥就没有这么好的运气，他乘坐的汽车在这个检查站被晾在一边一个多小时才接受检查。

车行驶在广袤的大地上，空旷的高原一览无遗，公路延伸到天的另一边。傍晚时，天空中出现万丈晚霞。此时，车刚好驶过一座桥梁，静静的河床上流淌着涓涓细流，映衬着辉煌的霞光。高原上的落日以亘古不变的苍凉壮丽迎接着夜幕的低垂。我没像往常那样迅速去拿相机，我的思维凝固在那一刻。天涯美景是要经过艰辛的路途才可以看到的，我常常感慨小小相机的取景器里如何也装不下这里天大地大的壮美，与其将它留在相机里，不如将它留在记忆里，唯有记忆，才是最完美的影像。

车是 45 座的宇通客车，车厢内坐满了乘客。从狮泉河到拉萨要行车近 24 个小时，因此，乘客都是带着食物上车的，车厢内的垃圾桶装满了饮料瓶、瓜果皮。在停车休息、吃饭的空当，两位司机也不清理车厢内的卫生。

后程的路段车辆限速，又是用最原始的方式测算的。车辆通过观测点，就会发一张放行条，人工手写经过此地的时间，到下一个观测点，递交上一个观测点的放行条。如果此间的用时少于规定的时间，就是超速，要罚款的。

车辆驶过日喀则，沿途的道路常常被封锁，司机不得不改道绕行，这里正在修建从拉萨到日喀则的铁路线。随着到藏区旅游的旅客越来越多，现代生活也逐渐影响着藏区。路上奔跑的汽车早已打破了宁静的山谷，穿山而过的铁路带来了生活的便利，也改变着藏民的生活习性。

02 摩友之家

我们在雪顿节之前赶到了拉萨，住宿问题不难解决。何况，我们"世界之巅支教团队"的队友已经提前找到了住宿。20 元一个床位，有公用洗手间还可以冲热水澡。

我有点不敢相信，拉萨居然有这么便宜的旅店。

队友晓星发来短信告诉我们，出了汽车站到对面，来到川青藏线公路纪念碑处，乘 18 路公交车，坐到林芝办事处站下车，到站下车后他会派队友接我们。

正当我和燕大侠下车后迷茫之时，一个头戴魔术方巾，骑着单车的小伙子向我们走了过来。此人外号"饮铁"，是来接我们的队友。

走到马路对面，我们走进了一个小胡同。胡同正在修路，到处是泥浆、挖开的下水道和张着大嘴的井盖口。右拐进入小巷，两边都是藏式民居。七拐八拐走到尽头，一个大院豁然开朗，首先看到的是院中一排排的单车和摩托车。呵呵，真是车友的天下啊。

进入四层小楼，楼梯口、墙壁上都挂满了全国各地车友的队旗，写满了各路英豪骑行的豪言壮语，五颜六色，看上去花里胡哨，但我喜欢。实践证明，一个能让旅客随心所欲的旅店一定是个好旅店！

房间几乎都安排满了驴友，到处都是背包、快干衣、登山靴，与星级酒店内的旅客装备有着天壤之别。三楼宽大的客厅里还有几顶帐篷，不知道住这里的驴友是没有预订房间，还是对帐篷情有独钟。

一个小时后，佳雨和另外两个姑娘从珠峰大本营赶来，刘冰晚些时候也从日喀则赶到，加上先前骑行川藏线已经到达的队友，"世界之巅支教团队"正式在拉萨齐聚一堂了。

03 拉萨城的变化

从叶城过来，十多天来，我终于洗上热水澡了。稍事休息后，我和燕大侠就坐公交车去火车站取票。

赶到火车站，我们却被执勤的官兵告知售票厅已经下班，取票只能明天再来。我们乘兴而来，败兴而归。

于是我们坐 1 路公交车到布达拉宫下车，走地下通道过安检到达广场。

　　矗立的布达拉宫无视车水马龙，散发着安定自在的力量。广场上已经摆放了一些花盆，准备迎接即将到来的一年一度的雪顿节。

　　再次站在布达拉宫广场上，我还是选择远远地仰视她伟岸的身躯。不是狂妄，而是对圣地的敬畏。布达拉宫这等神圣的地方岂是我等凡夫俗子用来游玩的，何况我们还不是虔诚的藏传佛教徒。

　　能够站在雄伟的布达拉宫前，这是许许多多虔诚的藏民梦寐以求的事情。许多驴友冠着"朝圣"之名来到拉萨，并以此为荣。而真正的朝圣者是那些三步一叩头，五体投地，磕着长头徒步而来的藏民，是历经千辛万苦、劳筋骨饿体肤的宗教信仰者。真正的朝圣不仅仅是肉体之行，更是心灵之旅。

　　对我们而言，在广场前留个影或进入布达拉宫游览参观，难道就是完成朝圣之旅了吗？我们所谓的朝圣之旅，充其量只能算是寻找自己的旅程，而非信仰之旅，根本就谈不上朝圣。

　　我们在广场上游荡，直到夜幕降临。沿着北京路向东走，我要带着燕大侠到东措看看，去体验拉萨这最出名的国际青旅。虽然没有下榻在这个充满小资情调的场所，但是去看看还是有必要的。

　　在喀什的麦田青旅，有一位驴友给了燕大侠一张拉萨驴窝餐厅手工制作的藏地地图，很有参考价值。驴窝餐厅就在东措的旁边，于是我们决定顺道进去看看。

来到驴窝餐厅，还是那么的熟悉。时隔两年，里面的布局基本没有变化。我借故找人来到二楼，抬头寻找当年自己在墙壁上留下的"墨宝"。不出所料，当年墙壁上五颜六色的涂鸦留言已经重新粉刷一新，一尘不染。面对苍白的墙壁，我头脑中清晰地浮现出当年蹲在地上写下的焦虑和疑惑。两年之后，我同样没有答案。此时此地，物是人非，我的疑惑还在。

走进东措大门，很有点进了农贸市场的感觉。门口的布告栏前人头攒动，早几年的那块小黑板已经换成了墙报大小的布告栏，上面的留言纸条一层糊着一层，根本找不出所需要的信息。恐怕很紧急、很迫切的信息很快就会淹没在浩瀚的信息大海之中。

东措整个院落人声鼎沸，热闹非凡。我看后，连连摇头，东措怎么变成这个样子了呢？也许东措老板并不在乎，他在乎的只有商人眼中的人气和经济效益。

夜幕早已降临，可拉萨大街上还是车水马龙。公交车不知道什么时候停了线，街面上的人力三轮车生意红火。

为了省下10元打车钱，我和燕大侠毅然决定凭着坐公交车时的记忆走回摩友之家。昏暗的路灯下，我和燕大侠游荡在夜幕下的拉萨街头。

短短的五年时光，我三入拉萨城，除了随处可见的藏式建筑和前来朝拜的藏民，拉萨正不断地发生着变化：喧嚣的街道，奔涌的车流、人流，越来越多的外地游客。拉萨城如同内地城市一样繁华和浮躁，似乎少了以往的平和与低调。

一座城市如同一个人，是有品格的，不管如何变化，总要保存最本真的性格。我希望，拉萨城永远是每个人心中的圣地。

04 脸盆计划

"世界之巅支教团队"是刘冰倡议并组建的。

早在四月份，在"为爱远征"玉树、盈江支教活动的一次分享会上，刘冰问我暑假有何打算，要不要一起去一趟西藏，到全球最高海拔的小学做公益活动。我也正有此意，就这样，我们一拍即合。

八月八日晚，各路人马终于会集在摩友之家的一楼客厅内，协商后面的活动行程安排。骑行的队友早就按捺不住迫切的心情，想早日赶去。也难怪，他们骑行川藏线上来，来到拉萨多日，早就蠢蠢欲动了。

刘冰先前联系的广州科协已经通过拉萨科协将一批捐赠的物资运到了乡里。我们此次还想再带些物资过去，现在就要讨论带什么物资以及买物资的经费从何而来。

"要不要买些玩具带去？"

"是啊，是啊，那里的孩子可能从来没有拥有过一个玩具。"马上就有几位队友随声附和，连连赞成。

"过几天，从广州还会来几位志愿者。他们已经买了一批玩具，我们就不用再买了，他们还会带去一些小乐器。"

"要不，买些零食吧。比如糖果、花生、瓜子之类的东西。"

"可以啊，这些东西也不贵。"

"我们也可以考虑给小学的老师买些什么实用的东西？"

"可以给每个老师买一个保温杯，很实用的。"

"那里卫生条件很差，当地的藏族小孩也不太注重个人卫生。我们可以给每个孩子买一套洗脸用品，脸盆、毛巾、香皂、指甲刀之类的东西也不贵。"

这个提议很好，我们将它取名为"脸盆计划"，意在慢慢培养孩子们的个人卫生习惯。

人多就是好，七嘴八舌地提出了许多很好的提议。可惜，最大的问题就是经费从何而来？此次入藏，只从广州科协获得了少许的一批物资，出发前还未获得其他的公益赞助，每个队友都是自费前来这里从事公益活动的。

最后经过协商，队友们再次自掏腰包募集了近三千元钱，用于购买集体讨论确定的物资。时间紧迫，只有一天的时间安排人员去分头采购物资和落实去普玛江塘的班车。

05 我的佛缘还不够

第二天，我们再次来到拉萨火车站取回程的车票。

拉萨火车站处于封闭管理，偌大的广场不准闲人入内。进站候车与购票的人员需要经过一条通道方能进去，并且需要经过严格的安检。

2006 年 7 月 1 日青藏铁路开通后，神奇广袤的青藏高原以其令人

魂牵梦绕的魅力吸引着八方来客。每年前往拉萨观光旅游的内地游客迅速增加，尤其在夏季旅游旺季。

取回车票，我的心里踏实了许多。坐公交车回市区，我们准备先到布达拉宫边的拉萨邮局寄明信片。进去一看，倒吸一口冷气：盖纪念邮戳的地方排起了几条长龙，队伍里面的游客个个手拿一摞子明信片在排队等候盖章。前几年来的时候，还不是这个样子的啊！当时也就几个游客买几本明信片，相互传递着邮章，工作人员也很耐心，服务周到。现在可好，要想收集所有的印章，排队就要一两个钟头吧。

燕大侠第一次看到这样的场面，也是惊呆了。本想买些有特色的明信片，看到人群把柜台围得水泄不通，也就作罢告退。

步行来到大昭寺，进广场前再次安检，打火机都不准带入。

置于大昭寺屋顶正中象征着佛陀悟道后在鹿野苑初转法轮的金铜塑像，在璀璨的阳光下熠熠生辉。门前高高耸立的经幡杆上缠满了一层又一层的五彩经幡，松柏烟雾缭绕。

相传，"雪域藏土为女魔仰卧之相，卧塘湖为魔女心血，三山为其心窍之脉络，为镇伏女魔，需建寺镇之"。藏王松赞干布依照文成公主的建议，以山羊驮土，将卧塘湖填平，在其上建大昭寺，供奉佛像，镇了女魔的心骨。藏语中称山羊为"惹"，称土为"萨"，为纪念建寺，佛殿初名为"惹萨"，后来才演化为"拉萨"。

大昭寺内供奉着释迦牟尼十二岁等身像，以红铜为主，合金铸成。

传说这尊佛像完成于佛陀在世时，并由佛陀亲自加持开光。这尊佛像在南北朝时由印度送至东土，供奉在洛阳白马寺。公元642年，唐太宗将其赐给文成公主一同入藏，最初供奉于小昭寺。后来，吐蕃与大唐再次交战，由于担心大唐抢回佛像，便将佛像移到大昭寺，藏在小佛殿内，并将门砌土封死，绘上壁画伪装。这一藏就是六十年，直到后来的金城公主入藏，佛像才得以重见天日，从此成为大昭寺的主佛。

寺门前一如既往地聚集了不少前来磕长头的信徒。

我们遵照藏传佛教的规矩顺时针沿八廓街行进。八廓街上转经的人流没有想象的那么多，本以为要摩肩接踵地前行，没想到现在却可以轻松放慢脚步，慢慢去体会，用心去感悟。在这每个角落都散发着宗教神圣气息的地方，似乎有一种无形的感染力可以让我们的心情平静下来。

八廓街是围绕大昭寺一周的最典型的藏式风格的步行街。八廓街上流动的风景，最引人注目的是不远千里前来磕长头的朝圣者与步履匆忙转经的信徒。

藏民前来拉萨转经的线路有三条：内环（藏语"囊廓"），就是在大昭寺内环绕主殿转经；中环（藏语"八廓"），就是转八廓街；外环（藏语"林廓"），就是以大昭寺为轴心，往外扩大到布达拉宫、药王山、功德林、龙王潭、小昭寺的外环转经。

相传，磕长头起源于藏东康区。传说有位僧侣为了修行，未能照顾好母亲，母亲重病后他感到内疚，决定背负母亲一起前往拉萨朝圣。途中，他先将母亲背到前面放下，然后走回原处对着母亲磕长头前进，以此报恩。人们认为这种方式需要虔诚的信念及坚强的毅力，可以积累更多功德。从此，出现了自家乡千里磕长头至拉萨朝圣的方式。

磕长头分为行走中磕长头、围绕寺庙经塔磕长头和原地磕长头三种形式。行走中磕长头是教徒从自己的住所一直磕到拉萨大昭寺或其他信仰的地方，具体程序是：站立，双手合十高举过头，口中念诵六字箴言，然后走一步；双手继续合十，移至面前，再走一步；双手合十移至胸前，迈出第三步时，双手自胸前移开，掌心朝下俯地，膝盖先着地，后全身俯地，额头轻叩地面，接着双手合十伸向前方着地，双手向外画弧线收回；站起继续重复，不断行进。

对于虔诚的藏民来说，磕长头就像呼吸一样自然。他们当中许多人的最大心愿就是一生至少要磕十万次等身长头和至少去一次拉萨朝圣，他们就是这么单纯地相信并努力地践行着。朝圣者用自己的身体丈量着大地，

丈量着自己的虔诚和信仰，丈量着通往来生的轮回之路。

白日的八廓街熙攘喧闹，混合着各种声响与气味，整个人淹没在各种声音之中。空气中飘散着藏香味、煨桑烟味、酥油茶味，百味陈杂。八廓街两侧还有那么多售卖藏式配件的小商贩，他们年复一年地驻守在这里，每天面对着大量的人流，不知做何感想。

我们走走停停，随意地走进一家唐卡店。

一个藏族小伙子抬头看了一下，继续专心致志地制作唐卡。店内醒目位置贴着告示：禁止拍照。我也就乖乖地盖上镜头盖，专心地浏览店中的唐卡。

唐卡分为"国唐"和"止唐"两种。"国唐"是用丝绢绸缎等材料以手工绣制而成的作品；"止唐"是用颜料绘制在画布上的作品。美丽的唐卡不仅是家中漂亮的装饰品，更主要的是能将佛陀迎回家中，与佛陀朝夕相伴，便于礼佛。唐卡越精美，代表对佛陀的信奉越虔诚。

据媒体报道，2014 年 11 月 26 日，国内一位知名收藏家以 3.48 亿港币拍得明代永乐年间御制的红阎摩敌刺绣唐卡，创下了中国艺术品界拍卖的最高纪录。

店内的墙壁上挂满了大小不一、色彩斑斓的唐卡，画中的形象或和蔼慈祥，或凶神恶煞，个个栩栩如生。细细观看，工笔精湛，做工细腻。后来小伙子停下手中的活儿，和我们攀谈起来。他手中的那幅唐卡已经有人预订，由于唐卡巨大、制作工期长，

开价要几万块钱。我不懂藏传佛教，但我知道每个唐卡一定都寓意深刻，教人一生行善积德。

八廓街上的藏式民居都是白色外墙，黑色边框的窗户，屋檐精美，色彩鲜亮，庄重而大气。藏民认为黑色辟邪，所以特意将门框、窗户刷成黑色。白墙、红檐、黑门框，这是最典型的藏式民宅。

正在行走间，前方路口一栋黄色外墙的房子闯入我的视野，其特立独行的颜色与周边的白色外墙格格不入。黄色是西藏神圣的宗教色彩，一般只有寺庙或高僧大德所居住的建筑物才能使用，普通民宅大多以白色为外墙颜色。

我犹豫了片刻，赶上燕大侠的步伐继续沿八廓街行走。

后来才知道，那就是著名的玛吉阿米餐馆，与大名鼎鼎的六世达赖喇嘛——仓央嘉措有着剪不断理还乱的关系。

"在那东方高高的山尖，每当升起那明月皎颜，玛吉阿米醉人的笑脸，会冉冉浮现在我心田。"这首在西藏家喻户晓的诗句，据说就来自仓央嘉措。

后来，在整理照片时，发现每次转八廓街时，我都用相机留下了"玛吉阿米"的身影，却从没有踏进去拜访过。也许我与"玛吉阿米"的缘分还未到吧。

第五章　行走"世界之巅"

To my mind, the greatest reward and luxury of travel is to be able to experience everyday things as if for the first time, to be in a position in which almost nothing is so familiar it is taken for granted.

——Bill Bryson

01 有朋自远方来

我们满载物资，从拉萨出发，坐着班车，过曲水，翻越 4300 米的

岗巴拉山。

在垭口就可以看到美丽的圣湖——羊卓雍错的身影。羊卓雍错，意思是"上部牧场的碧玉"。在西藏，海拔高的地方都叫"上部"。湖边是一片辽阔的草原，柔软的草地散落着大大小小的羊群。

羊卓雍错碧绿如玉，仿佛来自天外。由于湖水深浅不同，一汪湖水呈现层次丰富的蓝色。由于外形看上去像蝎子，因此藏民相信圣湖具有抵御瘟疫和饥荒的非凡神力。

班车停靠在圣湖边，让我们下车休息一会。下到湖边，湖水清澈，微风习习。圣湖狭长曲折，蜿蜒消失在群山之中。湖水碧波如镜，湖滨水草丰美，宛如远离尘世的仙境。

经过几个小时的行程，中午时分，我们来到浪卡子县。班车到此为止，通往普玛江塘的道路没有司机愿意去，除非给出价格不菲的包车费用。

午饭是在县城街道路边一家冷清的饭馆内解决的，偌大的餐厅只有我们这些外来的游客进餐。我们高谈阔论的声音引来了一位独行的流浪艺人。他穿着褴褛的藏袍，风尘仆仆，脸庞早已被高原上的日光亲吻成了古铜色，怀抱着一把瘦长的弦子要为我们弹唱。

他的歌声舒缓悠长，低沉的弦音透出特有的凄凉与哀怨，撞击着我的心灵。我向来对这种古老的民族器乐弹唱没有抵抗力，听着这如泣如诉的弹唱，我们如同看到了这位艺人风餐露宿惨淡的凄苦人生。我如坐针毡，心酸不已。

我只能感慨，我们大多数人短暂而卑微地活着，努力耗尽毕生的热情去寻找生命的未知出路。许多人很可能终其一生，始终不得要领。

也许眼前这个流浪艺人正是以这种方式进行着自己的生命轮回。

群山环绕着浪卡子县，厚重的云层静静地浮在空中一动不动，远处雪山若隐若现。地处高原，偏僻的县城冷清安详，偶尔经过的越野车满载着身穿鲜亮冲锋衣的内地游客，驶向周边的旅游景区。

匆匆吃过午饭，在县城找了辆11座的面包车。包车价格昂贵，不过有车愿意去已经很不错了，何况路途颠簸崎岖，我们还带着大量物资。

我们一层一层地将行李、物资装上车，然后一个个地钻进车厢。

"一会儿路上当心头，别撞到车顶。"司机善意地提醒我们。

出县城，柏油路很快消失在车后。碎石小路在山谷间曲折延伸，牛羊在稀薄的草场上吃草，一些沙化严重的草地裸露出大片的碎石。我们就这样行驶在颠簸的碎石路上，时不时还要涉水而行。车辆左躲右闪，尽量避开路面上不断出现的水坑和碎石。我们在座位上左摇右晃、上蹿下跳，引起哄笑一片。

怪不得司机都不愿意跑这段路，除了艰辛，颠簸的路面对车的性能和司机的驾驶技术都是严峻的考验。

行驶中，前方乌云密布，噼里啪啦下起雨来，豆大的冰雹夹杂着雪片迎面而来。

"哇，好大的冰雹！"我们按捺不住兴奋开始大呼小叫。远处的山体很快就白茫茫一片，放眼远眺，远方的山谷仍然艳阳高照。这就是变化莫测的高原天气，一片乌云飘来，带来的不是雨雪就是冰雹。

很快，车窗外狂风大作，荒野上丢弃的塑料袋迎风飞舞，几只灰色的秃鹫张开双翅在空中滑翔。苍茫的大地上一片灰蒙蒙的，稀薄的草地也失去了最后一丝绿色。

我们拥挤在狭小的车厢内，长时间艰难地保持着同一个姿势，动弹不得。海拔还在上升，我们渐渐默不作声。我偶尔地大口喘气，以此来抵抗高原缺氧带来的呼吸困难，个别队友开始头抵在前面的靠椅背上昏昏欲睡。

据说，还没有一支外来的内地团队敢在这里停留住宿。那么，我们是否会在自己的人生经历中重重地涂上光辉的一笔？

雪花渐渐消散，阴雨绵绵，狂风依然肆虐。普玛江塘变幻莫测，令各路英豪竞折腰。今天，你还是以最本真的面貌迎接我们的到来。

02 "世界之巅" 初体验

一路上，夹道欢迎我们的是雪夹冰雹的恶劣天气。

阴雨中，我们终于在颠簸了近两个小时的山路后来到了此次西藏公益行的最终目的地——普玛江塘，这里拥有世界上海拔最高的村落和小学。另外 5 名队员将骑单车第二天随后赶到。

在藏语里，普玛江塘意为"（雪山）里头的草原"。不过，普玛江塘的草原却没有太多的浪漫色彩。这里的海拔达到 5373 米，高寒缺氧，空气含氧量不足海平面的 40%。

空旷的草原上，几个垃圾袋打着旋儿飞向高空。灰暗的天空，云层很厚很低，黑色的飞鸟在低空盘旋，忧郁而不祥。

"世界之巅"的石碑静静地耸立在寒风中，稳如磐石。对面的乡政府敞开着大门，静悄悄的，没有人影。乡卫生院门前，几位当地的藏民蜷缩在角落里聊天。看到我们的到来，他们感到惊讶，估计他们很少见到这么多的内地人来到这里。

几位女队友提前换好了棉衣，在寒风中还是冷得瑟瑟发抖。我们不断地搓着手、跺着脚，以此来获得少许的热量。在阴冷的寒风里，我们有了冬天的感觉。

乡长过来问清情况，告

诉我们，本来安顿我们住宿的乡政府会议室，由于拉萨医疗队的到来被占用了。

我们尽显失落，一脸的茫然，在寒风中我们只想早点躲进温暖的房间里暖和暖和。

终于和云丹校长联系上了，他说可以先安顿我们住在小学老师的宿舍里。

学校的大门新修过，两侧白色的墙上粉刷着"缺氧不缺精神，艰苦不怕育人"的红色字体，很是醒目。

还没有开学，空空荡荡的校园在寒风中更显得冷清。校园不大，几排房屋是教室和学生宿舍，中间唯一一块平整的水泥地是篮球场，一边篮球架没有了篮板，只留下冰凉的铁架立在寒风中。

教室门前的旗杆上，国旗在风中呼呼飞舞。这红色的旗帜在灰暗的天空中用力地抖动着，给人一种坚韧的力量。一只秃鹫张开巨大的翅膀，黑色羽毛在凛冽的风中像经幡一样轻轻颤抖。

还没开学，大部分老师都还没有回校。教师宿舍的门紧锁着，没有钥匙，只有一个教导主任住在这里。征得同意后，来自河南的队友志强从旁边的工地上借来了工具，我们撬开了房间的门锁。高原缺氧，就这一点点的体力活，也累得我们呼呼喘气。

西藏有个谚语："风刮石头跑，满山不长草。一步三喘气，四季穿棉袄。"我想说的就是这里吧。在这里，顺畅地呼吸都是一种奢侈。

打开房门，一股霉味扑面而来，靠墙摆放着藏式的桌柜和两张床铺。教师宿舍的房间里还有一个里屋，没有窗户，阴暗潮湿，空气更加污浊。

我们都担心会缺氧，不敢在里屋睡觉，于是一齐动手把里面的床抬了出来，全都睡在外间。屋子中央是烧牛粪的铁炉子，靠墙摆放着传统

的藏柜。拥挤的房间内放上四
张床后，几乎没有了多余的
空间。

床铺不够，不得不把旁边
的几间房门也打开。在整理床
铺时，我们又惊讶地发现床垫
有尿液遗留下的污渍痕迹，翻
过来一看，另一面更是不堪入
目，估计这就是孩子们的宿
舍了。

我们赶紧将床垫拿到校园
里，在阴沉的天气里晾晒一下，用木棍敲打敲打，尽量驱赶隐藏在床垫
中的小虫。

将干净的床单铺在上面，看上去舒服多了。被子不够，我们就拿出
随身携带的睡袋，终于可以睡人了。

云丹校长从县里赶过来看望我们，嘘寒问暖，让我们一定要注意
身体。

云丹校长个子不高，特有的黑脸膛泛着暗红的光泽。从教十六年，
云丹校长在这里已经坚守了九年。恶劣的高原环境，无时无刻不在考验
着人的强度和韧度。按照当地政府的规定，为保护教师的健康，凡在普
玛江塘乡完小工作满三年者，可根据其要求调至低海拔地区任何一所学
校工作。云丹校长却主动要求到普玛江塘乡完小工作，而且一待就是
九年。

他曾当选由中国教育报和中国教育电视台主办的"2009年中国教
育年度新闻人物"。

当年的颁奖辞是这样写的：

为了100多个孩子，他以"缺氧不缺精神"的崇高境界，在世界上
海拔最高的小学坚守，再坚守。他说，只要身体允许，他还要坚守，要
让在这里读书的孩子像雪域高原上盛开的雪莲花，傲霜斗雪、健康成
长。云丹，用行动彰显出一名人民教师的淳朴和崇高。

晚上，刘冰挑了一张靠窗户的床铺睡觉，半开玩笑地说，这里氧气

多，即使一命呜呼也要做最后的那一个。

深夜的高原极其安静，稀疏星辰洒落的光映在校园的角角落落，阒静安详。

03 做饭记

这里冬季气温可达零下三四十度，经常冻伤师生的手和脸。现在，学校的窗户都是双层玻璃，宿舍走廊也安装玻璃，改造成了阳光房，可以防寒保暖。走廊里摆放着老师们做饭用的煤气炉灶和桌椅，变成了我们的临时厨房和餐厅。

由于当地气候十分恶劣，学校只能采取"寒假长、暑假短"的措施。每年11月初放假，次年3月中旬才开学，一年的教学时间只有8个月。目前，该小学有6个年级，10名教师，100多名在校学生全部为寄宿生。

严重的缺氧带来严峻的生存挑战，来自内地的我们在这里的生活也是异常艰难。

早晨，燕大侠洗漱停当，端着米粥，倒一些生抽，搅拌搅拌就吃了起来。

"好吃吗？"我惊讶地问道。

"小时候就这么吃，习惯了。"

"呵呵，看来燕大侠还挺好养活！"

中午，县里来了运菜车，给我们送来了一批菜，这是托留守的教导主任联系的。大米、土豆、青椒、花菜、火腿肠、鸡蛋等摆满了一地。一下子送来了这么多菜，够吃一个星期的。

"总共多少钱？"我们知道在这个地方，物资奇缺，蔬菜可不是轻易能够获得的，我们担心菜价太贵承受不起。

"先不用给钱，记着账。"打白条啊！看样子菜老板平日里常给小学送菜。

在这里，每次做饭都是一件令人头疼的事情。除了"僧多粥少"之外，最大的问题就是缺少看似不重要但不可或缺的调味品，就连切菜用的刀和砧板都要到教导主任家借，借来的菜刀居然还是卷刃的。

"哎呀，这颗花菜根都坏了，再不吃就要扔掉了！"

"那就快挑出来，把根砍掉，多砍些，一会儿就吃了它。"

走廊里，每次做饭都会人声鼎沸。每个人都可以做主，每个人都可以对饭菜品头论足，个个都像大厨，可个个看起来又都像小工。至于饭菜的口味，我们不敢有任何的非分之想。想想看，在海拔5373米的高原，即使使用高压锅做饭，都极有可能吃到夹生的米饭，更何况我们这帮人中没有一个拥有相当水准的厨艺，个别队友甚至把这里当成了做饭的"试验场"，完成了人生当中难忘的首次掌勺。

连着持续了好几天一日三餐的米粥，我想改个花样做点汤面吃。

这几天扎次副校长也来到学校住下，准备开学的一些事宜。

"扎次校长，这里有没有商店卖干面条？"

"不知道啊，我带你过去看看。"

由扎次副校长带着，我来到了乡里唯一一家杂货店。杂货店的名字叫扎西，门板上用粉笔写着汉藏两种文字。

低矮狭小的空间里，一边靠墙的货架上摆着常用的日用品，用玻璃柜台隔开；另一边摆着床铺，中间放着取暖的火炉。在货架的最下层，真的有面条卖，一袋袋用塑料袋系着。

杂货店老板弯腰随手拿给我一袋面条，干巴巴的，轻轻一碰就断成几节。我拿在手中，翻过来一看，塑料袋的底部居然还烂了几个洞。更让我吃惊的是底部的面条都发霉了，不知道放置了多久。

店老板乐呵呵地把货架上的所有面条拿出来，摆在玻璃柜台上让我挑。每个袋子都一样，我无话可说，哭笑不得，只能挑选霉点相对少些的。

由于人数较多，餐厨过于简陋，我们只能分批做饭，分批吃饭。

"喂，在干嘛呢？再不吃就没有了！"

"哦，没事，那就等会我们自己再做。"

这是我们常常进行的对话。

每次做饭、吃饭都能变成耗时两三个小时的战役。因此，每次做饭就成了一件令人头疼的事情。

04 不省心的小家伙

教师宿舍里常年住着巴珠主任一家，主任家的一儿一女都在这里上小学。大儿子瘦瘦的，眉清目秀，很文气，一笑嘴角向上翘，再加上短短的头发，看起来像个寺庙里的小喇嘛，小女儿就相对调皮活泼得多。我们的到来给两个小家伙枯燥的假期带来许多乐趣。

每天早上起床之后，小女孩就顶着一头凌乱的头发跑到我们房间里来。我们带来的东西都可以成为她手中新奇的玩意儿，手电筒、头盔、哨子常常跑到她的手中，玩过一会后才被妈妈喊回去梳头、洗脸、吃饭。

"来，过来，你叫什么名字？"我正在房间里整理东西，看到小姑娘在门口徘徊就问道。

"曲尼央宗。"

"哦，能不能给我写下来？"

我拿出笔记本，让她给我写在本子上。这么陌生拗口的藏族名字，不记下来过一会我可能就会忘掉。

"那个是你哥哥吗？他叫什么名字？"

"欧珠拉旺。"

"把他叫过来，我这里有苹果吃！"想起来我的包里还有几个苹果。

哥哥的字明显漂亮许多，我让他在本子上用汉藏文字写下名字和"好好学习、天天向上"几个字。作为奖励，我送给他们一人一个红苹果，两个小家伙拿着苹果屁颠屁颠跑出去玩了。

主任家还有一个更小的家伙，是主任的侄子，两三岁左右的样子，还不怎么会说话。大人不在家时，小家伙就跟在表哥表姐的

屁股后跑来跑去。

"怎么这么臭啊！"有天队友秀秀突然在走廊里大喊起来。秀秀正和三个小家伙玩，浑然不知最小的家伙不声不响地拉了一裤兜屎。

我跑过去查看，发现了臭味的来源，赶紧让秀秀给小家伙脱掉裤子。

秀秀明显没有经验，看着流到裤子外面的屎和尿，手忙脚乱不知道如何下手。

"志强，你去拿暖水瓶过来，在脸盆里倒点热水。"我对站在一旁看热闹，明显不知道怎么处理的队友志强说道。

我将秀秀换下，让她两手抱着小家伙的腋窝，我麻利地褪去小家伙的裤子，立刻臭气熏天。

小家伙光着屁股，好像知道自己做错事闯了祸，倒是很乖，眼睛滴溜溜乱转，任我们摆布，一声不响。志强倒好热水，我用手试试水温，然后让秀秀扶着，让小家伙站在脸盆里。

气温不高，天气寒冷。怕小家伙受凉生病，我就顾不了那么多，用手撩起温水，一点点地给小家伙洗屁股。秀秀在一旁架着胳膊，腾出一只手来捏着鼻子。

"怎么，没见过给小孩洗屁股？学着点，以后你有了小孩，有你受的。"

洗过一遍，一盆水马上变得黄澄澄的，漂浮着一层排泄物。倒掉之后，我让志强倒上温水，再清洗一遍。

"还是赵老师有经验啊！"志强在一边兴致勃勃地调侃道。

"那是，给小孩洗屁股我在行。"这点小事，每个抚养过小孩的人都驾熟就轻。

大人不在家，我让秀秀抱着小家伙到房间里，用厚棉被给小家伙盖上。

"有没有小家伙的衣服？"我问一直跟在屁股后面的曲尼央宗，小姑娘说不知道。

我和曲尼央宗翻箱倒柜一通，没有找到小家伙的衣服。

"你就在这里看着他，别让他乱动。"见小家伙在床上不老实，想往外面爬，我告诉曲尼央宗，不要让小家伙爬出被窝。

真是不让人省心的小家伙。

05 坐拖拉机是个体力活

等待开学的日子是无聊的。在缺水少电、缺米少面的世界之巅，我们已经完好无缺地平安度过了几日。高寒缺氧，动一动就气喘，我们尽量保存精力，做点不费体力的活儿来打发开学前的时光。

早晨起床，艳阳高照，放眼望去，白云飘飘，远处的雪山已经完全展现在眼前，听边防官兵说，雪山的那一面就是神秘的不丹王国。

"怎么样，今天去普莫雍错看看？"暂时无事可做，刘冰提议去旁边的圣湖看看。

"好啊！"这个提议马上获得一致通过。

普莫雍错离这里其实并不远，但由于夏季圣湖周边都是大片的沼泽地，必须绕很远的弯路才能够到达。圣湖偏安一隅，加上交通不便，游客少有造访，是一处远离尘嚣的圣地。

扎次副校长帮我们联系了一辆手扶拖拉机，可以送我们上去，只是要收取一些费用。

拖拉机喷着黑烟来到"世界之巅"碑前接我们。驾车的是一位精瘦的藏族大叔，不怎么说话，嘴角总是挂着微笑。

来自广州的几位女生估计从未坐过这种交通工具，兴奋地先跳了上去。

"尽量往前站，后面颠得厉害！"我坐过这种拖拉机，于是向她们传授经验。

我们一哄而上，大大咧咧地坐进车斗，根本无暇顾及上面的灰尘。车斗太小，只能勉强装下我们。

拖拉机喷着黑烟"突突突"地行驶在铺满碎石的山路上，地面碎石高低起伏，车斗开始上下跳动。不用快马加鞭，我们就能够领教到好似骏马奔腾的颠簸感。

"哎哟，我的屁股好疼啊！"很快，叫苦声此起彼伏。

"小心，坐好扶稳啊，前面有一个大坑。"

　　我双手抓紧车斗的侧沿，屁股若即若离地抬起来，身体重量落在两个手臂上，靠手臂来缓冲上下的颠簸，以减轻对屁股的冲击。

　　"哎哟，我的屁股受不了啦！什么时候到啊？要不，中场休息一下吧？"广州姑娘佳雨开始大呼小叫起来。

　　拖拉机没有因为我们的抱怨而减少颠簸的力度，藏族大叔照样娴熟地驾驶着拖拉机欢快地在原野中奔驰。我们的欢声笑语夹杂着夸张的抱怨声洒满一路。

　　"照这样下去，我真的可以练成铁屁股了。"性格豪爽的秀秀不忘英雄本色豪迈地说道。

　　而佳雨同学咧着大嘴口是心非地开口说："要不，我下去走过去吧。我瘦小的屁股受不了啦！"

　　拖拉机驶离碎石路，转向一座大山深处，进入草场，路况才有所好转。

　　"圣湖就在山的后面。"扎次副校长手指前方告诉我们。

　　我们仿佛看到了胜利的曙光，与其说是盼望着快点看到圣湖，不如说，我们盼望着屁股早点得到解放。

　　拖拉机停稳，看到碧绿的湖水倒映着天空洁白的云彩，我们又是一阵欢呼。顾不上屁股的痛，我们东倒西歪地跳到地面，又恢复了活蹦乱跳的本色。

湖水坐落在宁静的山谷边，远处是环绕的大山。湖面泛着波光，宽广而平静。

我躺下来，闭上双眼，想象着蔚蓝的湖水和天空中的朵朵白云，内心灿烂无比。

我喜欢闲适，最喜欢在不经意间突然遇到自己喜欢的风景，不用繁华，宁静就好。我想，只有在旅途中，用自己的生命真实感受这个世界，真实地感受到心脏的跳动时，才能真正领悟这个生命赋予我们的意义。

有人说，西藏接近天堂。我想说，西藏就是某种意义上的天堂。在这里，自然、人类和他们的信仰和谐共存。

阒静的山谷，只有我们陶醉在大自然赋予美好的风景中。无人打扰，我们是如此亲近大自然。我遵循自己的内心，怀抱着亲近一切的态度面对眼前的流光溢彩。

06 高原上苦中作乐的日子

为了配合我们对小学进行调研、支教，云丹校长决定将开学的日子提前几日。因此，我们在离开高原小学之前与藏族小朋友们有了一次亲密接触。

突然间多了十多个能吃能睡的年轻人，给旁边的教导主任家带来了很多麻烦，最明显的就是用水量剧增。每次做饭，我们毫不见外地到走廊教导主任家的大水桶里舀水。因此，他们家天天都要抽水。水是从篮球场边的一口深井里抽出来的，甘甜爽口、冰凉刺骨。

我们已经尽量节约用水，但还是无法与当地藏民相比。最典型的就是，我们每天都在刷牙、洗脸，每天都会有人烧水洗脚、洗头。在这个气候恶劣、生存艰苦、物资匮乏的地方，当地藏民都不怎么讲究个人卫生。

这里的人们虽然穿着邋遢、满脸污垢，但身体健康、心地善良，热情好客。而我们大多数的现代都市人，每天衣着鲜亮，却心存芥蒂，冷漠无情，处处防范。是社会改变了我们原本纯真的心，还是我们早已失去了原本的纯真？

　　偶尔，天气晴朗，远处清晰的雪山就会诱惑部分队友骑上单车到处溜达。

　　小学旁边紧邻着边防派出所。到达的当天，派出所官兵就闻讯过来登记了我们每个人的身份证。

　　篮球场是小学唯一的一块平整的场地，校园一角的沙土地边还有一副双杠，广大师生、官兵、乡政府工作人员共用的篮球场也是残缺不全的。

　　天气好的时候，忙完工作的边防派出所官兵也会出现在小学操场上打会儿篮球。这个时候我们也会加入，只是都不敢过分用力。

　　可能是少有外地游客前来造访的缘故，派出所官兵对我们充满了热情。得知我们经常食不果腹，指战员就邀请我们到派出所做客，用丰盛的佳肴来款待我们。餐

桌上，每当兴趣高涨时，藏族官兵还会给我们高歌一曲助兴。

在边防派出所院子的角落里，官兵指战员们硬是在高原冰川永冻层上建了一个蔬菜温室。看着一株株泛黄发蔫的绿色蔬菜，我只能感慨生命的顽强和坚韧。

高原缺氧很容易让人瞌睡，因此午后的睡眠就是我们每个人的最爱。每次吃过不在正点的午饭后，队友们回到各自的床铺倒头就睡。高原的缺氧加上无聊的日子使我们每个人思维涣散，精神恍惚。

睡觉是打发无聊时光的最好方法，同时睡眠又可以暂时忘却做饭的问题。这个本不应该成为问题的问题在这里确实是个大问题：笨拙的厨师用借来的卷刃菜刀在火力不足的煤气灶上做出的总是欠一口气的夹生米饭和千篇一律的菜肴。我们早已对吃饭不抱任何幻想，只要能够保证一日三餐就心满意足。

07 高原上灿烂的笑

学生报到的日子到了。

全乡四面八方几个村庄的藏族孩子坐着手扶拖拉机陆续赶来，他们几乎没有什么物品可以携带，每个人都是一个小书包和简单的被褥。由于交通不便利，大部分同学一住就是个把月，学校里的每个年级都只有一个班，共有学生100来人，校领导加老师仅有10人。

藏区高海拔地区的小学教育经费不足、师资短缺的现象非常严重。从这里毕业后，孩子们会到海拔相对较低的浪卡子县读书，能够顺利完成九年义务教育就相当不容易了。

高寒加上营养不良，这里的孩子身材普遍矮小。脸上有着红彤彤的高原红、明亮的大眼睛，常年挂着鼻涕的孩子们最开始用好奇的眼神打量我们这些陌生面孔。很快，他们就从最

初的腼腆走出来，对我们不再
胆怯。

孩子们爱笑，常常露出洁
白的牙齿开心地笑。我认为这
是天底下最灿烂的笑容。

傍晚我们迎来了从广州赶
来的四位老师。他们从广州坐
飞机到拉萨，在拉萨逗留了几
天来适应高原的海拔，然后包
车来到这里。即使这样，当晚
到达时，其中一位老师的高反
还是很严重，面色苍白、嘴唇发黑。

当晚，在昏暗的女生宿舍里，我们分工忙碌着，将带来准备分发给
藏族小朋友的物品一份份地整理好，放在脸盆里。房间空间太小，脸盆
一摞摞地摆放在门背后，已经有一人多高了。

捐赠给小学的物资、乐器、现金都登记造册，准备让校长签收后
带回。

第二天，我们分头将孩子们集中在教室里，分发心愿卡，让孩子们
将自己的心愿填写在心愿卡上。拿到这些心愿卡，上面很多都写着"想
要一本字典""想要一个好看的作业本""想要好吃的零食"……看着
孩子们提出的小小心愿，我们心里五味杂陈。

我们将这些心愿卡带回广州，寻找一些热心的组织去帮助孩子们实
现这小小心愿。

操场上，扎次副校长在破旧的铁块上敲响了铃声，将孩子们集合起
来分发物品。我们内地孩子见惯了的竹蜻蜓、毽子成了他们手中爱不释
手的宝贝。我端着相机在人群中来回穿梭，想捕捉快乐的瞬间。孩子们
看见我端着相机拍照，赶紧摆出各种姿势，拍完后，又迅速围拢过来，
看着镜头里的自己哈哈大笑。

08 没有终点的旅途

听老师介绍，这里的学生伙食不算好，但已在有限的条件下发挥到
了极致。其实，也就是基本保证早上有馒头，中午有肉，晚上有面片。

离开小学的当天早晨，我特意来到校园角落的学生饭堂，想体验一下这里的学生早餐。说是饭堂，其实就是一间低矮的房屋，只做厨房，根本就没有供吃饭的餐桌。

一些孩子端着饭碗三五成群地聚在饭堂外的墙角，蹲在地上吃早餐。我探头过去，孩子们腼腆地赶紧用手捂着碗口，不让看。我走进厨房，过了几秒才适应房间的昏暗光线。

门边砌着灶台，上面是一口硕大的铁锅。火塘朝里，是烧柴火的。另一边角落里的案板上放着大蒸笼，上面摆着馒头。

我伸头看向铁锅，里面清汤寡水，表面漂着一层淡淡的酥油。我端着饭碗从大铁锅里盛了半碗出来，已经没有什么温度了。我又走到旁边拿了一个馒头在手，凉冰冰的，找了一圈，根本就没有配菜。走出房门，端着能照出人影的稀饭，拿着冰凉的馒头，我鼻子有点发酸，没想到正在发育的孩子们的早餐如此简陋，其他的两餐可想而知了。

这样的早餐除了能够为身体提供一些能量外，根本谈不上什么营养。希望这是因为刚刚开学，一切还都没有正式开始的缘故吧！

近年来，国内有些民间公益组织已经意识到了偏远地区孩子的营养问题，发起了一些公益活动。其中，崔永元的"给孩子加个菜"、邓飞的"免费午餐计划"都是很好的公益项目。可惜，这样的项目太少，受益范围还很有限。

孩子的营养问题，尤其是贫困地区孩子在学校的用餐问题是一个艰巨的工程，应该由政府主导、专项经费注入、民间参与、全民监督来共同完成。

真希望这里的孩子们能够吃饱穿暖，在离天堂最近的地方好好享受快乐的童年时光。

我们也快开学了，队友们已陆续离开这里奔赴各自的学校。我和燕大侠搭乘边防武警战士回县城的越野车离开了普玛江塘。遗憾的是，在我们离开时，还是没能赶上小学上课的日子。

　　由于一些村庄偏远，提前开学的通知没能及时传达到位，只有一部分住得较近的孩子接到通知提前到校准备开学。我们也只能在离别前那不多的时日，将到校的孩子们召集在教室里，了解孩子们的生活和学习，顺便检验一下孩子们掌握的基础知识。

　　"世界之巅"渐渐从视线中消失，越野车在空旷的高原上开始奔驰，留下一路滚滚灰尘。

　　强烈的紫外线透过车窗照射在身上。我呆坐在后排的座椅上，望向窗外，路边的草甸迅速地向后退去。我脑中一片空白。

> 如果你的内心有不安
> 那么你还活着
> 如果你的眼中有对梦想的渴望
> 那么你还活着
>
> 像一阵风一般的自由生活
> 学着像大海的波浪般流动
> 张开你的双臂拥抱每个时刻
> 每个时刻你都可能收获一份问候
>
> 如果你的眼中有期望
> 那么你还活着
> 如果你的内心有不安
> 那么你还活着

——印度电影《人生不再重来》

09 支教路上的反思

　　多年来，在我的旅途中，不论是单纯的长途骑行，还是公益旅行，都能够带我逃离酷热难耐的南方夏季，去千里之外体验不一样的生活。在辽阔的祖国大地上，我不仅领略了美丽山川，更体验了在贫穷的地方那么多儿童过着的艰苦生活。他们除了过着贫瘠的生活，还接受着贫瘠的教育。

　　在足迹踏过之地，我更喜欢藏区。那里有广袤的草甸、有蓝天白云，有朴实善良的藏民。在那里我们可以和孩子们放肆地玩耍，听他们的天籁之音，看他们跳奔放的锅庄。我们远离都市的文明来到藏区，无时不被他们纯洁的笑容和虔诚的信仰所打动。我常常在想，我们短暂地来到这里，体验不同的生活，我们到底能够给藏区的孩子们带来什么？

　　玉树因为地震之灾而受到世人关注，灾区孩子的教育也得到了史无前例的关注。孩子们穿上了崭新的校服，图书室里摆放着来自全国各地捐赠的图书，崭新的现代化校舍拔地而起，塑胶跑道焕发着激动人心的活力，此外教学楼里还建立了语音室、网络室……从硬件设施上来看，这里的校园已经和内地城市的校园没有太大的差别。可是，我知道这里的"软件"还远远落后于内地，这里的教学难度与教学进度与内地的教育水平还相去甚远。

　　藏区条件艰苦，居住在几十公里之外的学生只能住校。对于低年级的住宿生来说，过早地离开家庭、离开父母，在集体生活中的成长将会异常艰难。他们身体单薄，内心敏感、脆弱。他们是否有人关注？内心是否得到关爱？

　　记得在玉树隆宝镇中心寄宿小学的四年级课堂上，我临时被安排代替一位老师去辅导自习课。孩子们热情地招呼我，甚至拉我到他们中间，缠着我读儿童故事。很快，我周围满是期盼的目光。我随手翻到一页，是《卖火柴的小女孩》，大家都熟悉的童话故事。我声情并茂地朗读起来，孩子们安静地沉醉在故事之中。

　　第二天清晨，这个小女孩儿坐在墙角里，两腮通红，嘴上带着微笑。她死了，在旧年的大年夜冻死了。新年的太阳升起来了，照在她小小的尸体上。小女孩儿坐在那儿，手里还捏着一把烧过了的火柴梗。

　　读到这里，我隐约听到了轻微的抽泣声。我抬头寻找方向，旁边的一个藏族女孩早已泪流满面。

　　这是我在玉树生活中难忘的一幕。这里的孩子虽然大多数满脸污垢，鼻子下挂着鼻涕，但他们单纯善良，内心细腻敏感。我真担心，他们幼小的心灵如何承受灾难带来的伤害。

　　其实，在我国众多的偏远山区以及内地落后的乡镇，生活的艰苦算不上什么，孩子们都可以乐观地去面对并快乐地生活。但是，在巨大的自然灾害面前，生命显得如此脆弱，学会灾难逃生与救助技能显得尤为重要。可是我们国内大多数校园都缺乏安全教育，甚至连最基本的安全防范设施都没有。与西方国家相比，在安全教育上，我们做得远远不够。

近年来，国内官方的、民间的各种公益机构都投入了大量的人力、财力，去帮助西部地区的小学开展义务教育。但是，这种帮助更多地只停留在物质层面，如捐桌椅、图书、衣物……内在的帮助却很少涉及，缺乏对孩子们内心成长、心理状态的关注，缺乏少儿安全方面的教育。

关注孩子，就是关注未来。

百年大计，教育为本。

教育承担着传播科学知识的重任。同时，教育能够教化一个人的心灵，促进其发展，使一个人更有尊严地生活下去。

有尊严地生活下去，首先是要能够好好地活下去。在科技还无法预测的地震、海啸、山体滑坡等自然灾害面前，我们人类显得如此渺小，生命显得如此脆弱。就连给我们生活带来便利的交通工具、家用电器也会夺去我们的生命。在人类历史上，我们见到了太多的人间悲剧。

每年因为灾害、安全隐患而失去的生命不计其数。少儿这个群体安全意识最为淡薄，对生活中可能出现的危险也缺少应有的安全意识、防范知识和逃生技能。当危险来临时，只能听天由命，不知道如何去躲避。

近几年，在世界范围内的灾难救援面前，我们学到了很多，也反思了很多。

少儿是祖国的未来，他们在获得科学知识前，首先应该学会生存的技能，学会面对自然灾害、危险时的逃生、求生技能。

这是我们的学校教育、家庭教育和社会教育中最不应该忽略和缺失的内容。希望我们能够给予孩子们更多的关爱，让每一个孩子都热爱生命，远离危险，在快乐中健康成长！

知识链接：少儿安全教育概要

一、校园安全
- ◆ 正确使用体育器械
- ◆ 上下楼梯安全须知
- ◆ 体育课堂安全须知
- ◆ 课间玩耍安全须知
- ◆ 安全使用学习文具
- ◆ 校园突发事件的演习与应急措施

二、交通安全
- ◆ 交通安全常识：※ 认识交通信号灯

  ※ 通过十字路口安全常识

  ※ 横过马路安全常识

  ※ 步行安全常识；骑自行车安全常识
- ◆ 候车、乘车安全常识

三、防范地震安全
- ◆ 判断地震知识
- ◆ 地震时自我保护技能
- ◆ 地震后救助与自救技能
- ◆ 地震演习

四、防范溺水安全
- ◆ 掌握游泳技能
- ◆ 防范溺水常识
- ◆ 水中抽筋自救方法
- ◆ 水草缠绕自救方法
- ◆ 溺水的救助方法

五、消防安全
- ◆ 火灾防范常识
- ◆ 灭火器材的使用
- ◆ 消防演习
- ◆ 火灾自救与救助方法：※ 平房起火的逃生

  ※ 楼房起火的逃生

  ※ 楼梯被火封的逃生

六、户外活动安全
- ◆ 预防校外绑架或拐卖安全常识
- ◆ 登山安全常识

◆ 露营、野炊安全常识

◆ 游泳安全常识

◆ 划船安全常识

◆ 滑冰、轮滑、滑板运动安全常识

七、极端恶劣天气安全

◆ 室内的安全常识

◆ 室外的安全常识

◆ 被雷击的救助方法

◆ 中暑的自救及救助方法

八、居家生活安全

◆ 独自在家安全常识、突发事件的应急常识

◆ 防滑防摔及自救、救助方法

◆ 防火灾及自救、救助方法

◆ 防意外伤害（烫伤、触电、异物进气管、利器伤害等）及自救、救助方法

◆ 防止高处坠落常识

◆ 安全养宠物

九、日常生活安全

◆ 食品安全：※ 预防食物中毒知识
　　　　　　　※ 认识食物中毒特征
　　　　　　　※ 掌握食物中毒时急救方法

◆ 乘坐电梯安全：※ 乘坐直升电梯安全须知
　　　　　　　　　※ 乘坐扶手电梯安全须知

◆ 用电安全：※ 了解电器的正确操作方法
　　　　　　　※ 熟知触电的诱因
　　　　　　　※ 掌握触电后的救助与自救方法
　　　　　　　※ 判断电器老化知识

◆ 预防烫伤及自救与救助方法

（广东国启教育有限公司提供）

广东国启教育是一家专注于儿童安全教育的科技公司，已经开发出一整套儿童安全教育课程。不同年龄段的儿童可以通过线上游戏互动和线下场景还原体验的方式，在娱乐中培养安全意识和应对突发事故的能力。

后　记

生命原本脆弱，我们只能坚强地活着，并寻找快乐。

——白岩松

四月的广州，阳光明媚，花团锦簇。

四年前，正是在春意盎然的美好季节，"为爱远征"开始了一年一度的招募工作。作为指导老师，我坐在教室的第一排聆听队员的演讲。看着轮番站上讲台稍显拘谨的学子眼中闪耀着充满希望、青春洋溢的光芒，我仿佛看到了当初那个同样怀抱美好理想的自己。于是就在当晚，我决定暑假随"为爱远征"团队奔赴青海省玉树灾区隆宝镇中心寄宿小学支教，去感受、体验不一样的生活。

多年来，旅行一直是我热衷的事情。我常常利用暑期，骑上单车远赴千里之外，用车轮丈量祖国的山川大地。而今，早年萌发的旅行与公益结合的想法可以真切地去践行了。

能够在藏区生活一段时间，与藏族老师、同学们吃住在一起，让我可以在面对面的接触中，感受他们的衣食住行、宗教信仰，为我的旅行赋予了一定的意义。

在隆宝镇中心寄宿小学的那段时光短暂而美好。生活虽艰苦，我却很快乐。

难忘初入玉树结古镇时的情景。一边是高耸的吊塔和忙碌的工地，烟尘四起，一片繁忙；另一边是震后遗留下的废墟，寂静而凄惨。这两种截然不同的画面极不协调，却混为一体，不禁让人感受到重生的力量和希望。这画面冲击着我的感官，我被这场景震撼，不禁心潮澎湃。我立刻明白，不管灾难何时出现，我们都要积极地、顽强地活着。活着，不仅为了逝去的亲人，更是为了生命的尊严。

人生中遭遇痛苦与挫折是不可避免的，谁都逃脱不了。它是必修课，我们无从选择。活着，就要接受一切，勇敢地去面对，不能退缩。

在自然灾害面前，我们国人爆发出少有的激情和力量，内心的正能量不断地被释放出来，并传递下去。如今，公益旅行被越来越多的人所熟知、接受，并不断地去实践。越来越多的学生、企业家和普通民众为了同一个理想，加入这个行列，通过各种途径去点燃希望的火焰。

我的朋友——程海彬是广州一家文化传播公司的老总，目前从事有关儿童安全教育方面的网站建设。在与他的接触与交谈中，我能感受到他及他的文化公司所承担的社会责任与使命。得知本书的公益性质，程兄慷慨解囊相助，让我不胜感激。

"多背一公斤"活动的发起人安猪曾说过："世界的改变不是少数人做了很多，而是每个人都做了一点点。"

我常常感慨，我们生活在复杂的社会里，每天在不同的角色之间转换，繁忙而疲惫。当激情褪去，回归平淡，我们是否还会心怀敬仰，心存感恩地面对每一天的精彩与黯然？

人们对爱的态度，就是对待这个世界的态度。爱是一把锋利的双刃剑，能试出一个人隐藏的或高贵或卑微的内心本性。

希望我们每个人都能够相信未来，热爱生命。

相信未来（节选）
食指

当蜘蛛网无情地查封了我的炉台
当灰烬的余烟叹息着贫困的悲哀
我依然固执地铺平失望的灰烬
用美丽的雪花写下：相信未来

当我的紫葡萄化为深秋的露水
当我的鲜花依偎在别人的情怀
我依然固执地用凝霜的枯藤
在凄凉的大地上写下：相信未来

我要用手指那涌向天边的排浪
我要用手掌那托起太阳的大海
摇曳着曙光那枝温暖漂亮的笔杆
用孩子的笔体写下：相信未来

我之所以坚定地相信未来
是我相信未来人们的眼睛
……